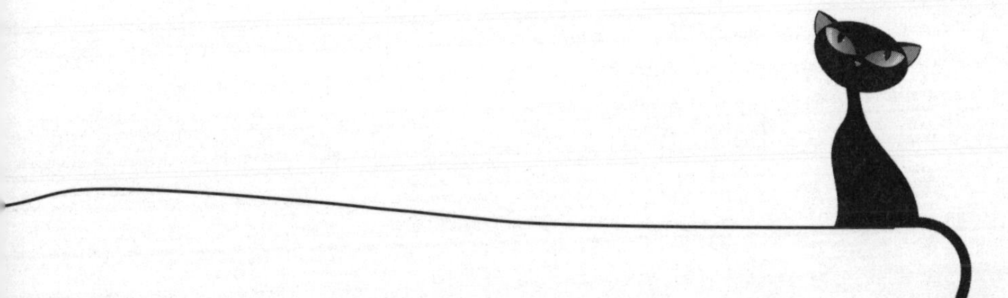

Frauke Scheunemann

Winston
Kater undercover

Alle Bände von **WINSTON**:

Band 1: Ein Kater in geheimer Mission
Band 2: Agent auf leisen Pfoten
Band 3: Jagd auf die Tresorräuber
Band 4: Im Auftrag der Ölsardine
Band 5: Kater undercover

Frauke Scheunemann

WINSTON

Kater undercover

Loewe

Für Sophie

FSC
www.fsc.org
MIX
Papier aus verantwortungsvollen Quellen
FSC® C014496

ISBN 978-3-7855-8241-1
1. Auflage 2016

Fotos: © iStockphoto/krissstina
Umschlaggestaltung: Michael Dietrich
Redaktion: Lisa Blaser
Printed in Germany

www.loewe-verlag.de

Von magischen Wörtern, genervten Erwachsenen und tollen Ideen.

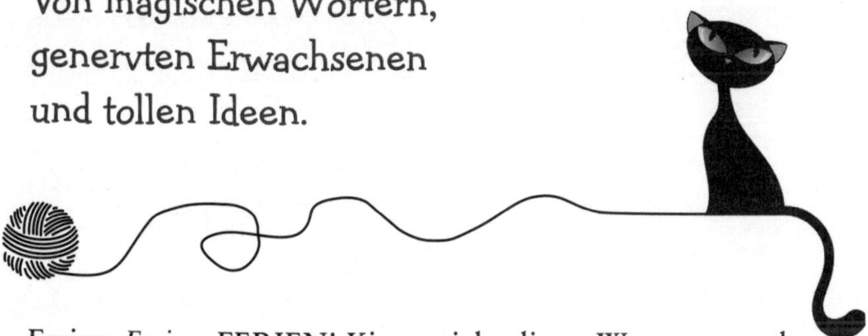

Ferien. *Ferien.* FERIEN! Kira spricht dieses Wort so aus, als sei es geradezu magisch. Als könne sie es wie einen Zauberspruch benutzen. Ich beobachte sie ganz genau. Verwandelt sie sich irgendwie? Wächst ihr ein Fell? Oder ändert sich ihre Farbe? Nein. Nichts von alledem. Sie sieht immer noch genau wie das 13-jährige Mädchen aus, das meine beste Freundin ist.

»Ferien!«, sagt sie jetzt noch einmal, nein, sie ruft es laut und strahlt dabei über das ganze Gesicht. Dann bückt sie sich zu mir herunter, nimmt mich auf den Arm und krault mich hinter meinen Katerohren.

»Ferien, Winston! Heute beginnen die Pfingstferien. Ist das nicht toll?«

Na ja. Nö. Oder: Wie man's nimmt. Für mich ist es eigentlich egal. Ich kann schließlich jeden Tag ausschlafen. Allerdings muss ich zugeben, dass ich die kurze Zeit, in der ich nach einem Blitzschlag in Kiras Körper steckte und selbst zur Schule gehen musste, in sehr unguter Erinnerung habe. Schließlich wurde ich armer Kater da als Erstes von der Superzicke Leonie und ihren ätzenden Freundinnen in die Mangel genommen und bin wegen einer doofen Mutprobe sogar auf dem Polizeirevier gelandet. Und die Lehrer waren auch nicht alle nett. Insofern hat Kira völlig recht: Schule, nein danke! Ferien, hurra!

»Ferien! Wie schrecklich!« Kiras Mutter Anna kommt ins Zimmer und setzt sich zu uns auf Kiras Bett. »Ständig diese Ferien! Sommerferien, Herbstferien, Weihnachtsferien, Märzferien und jetzt auch noch Pfingstferien! Die Schule hat mehr zu als auf. Wie wollt ihr Kinder da etwas lernen? Und wie soll ich dich wieder beschäftigen, Kira? Ich muss schließlich arbeiten. Jedes Mal das gleiche Problem!«, schimpft sie vor sich hin.

Maunz – ich stelle fest: Ob Ferien eine gute Sache sind, hängt sehr davon ab, wen man fragt. Und Anna befragt man dazu besser nicht.

Kira kichert.

»Mama, ich bin doch kein Baby mehr. Du brauchst mich nicht zu *beschäftigen*. Ich beschäftige mich selbst.«

»Ach ja? Womit denn? Vermutlich nur mit Unsinn. Nein, kommt gar nicht infrage. Ich habe mir schon etwas überlegt und dich für einen Englisch-Intensivkurs angemeldet. Der ist zwar teuer, aber da lernst du wenigstens etwas«, verkündet Anna mit energischer Stimme.

»Wie bitte?!« Kira schnappt nach Luft. »Ein Englisch-Intensivkurs? Aber wieso denn? Ich will endlich mal chillen und nicht schon wieder lernen!«

Jetzt ist es Anna, die kichert.

»Glaube ich dir gern. Aber leider schreibst du in der Woche nach den Ferien eine Englisch-Arbeit, und wenn ich mich nicht täusche, war deine letzte Arbeit nicht gerade ein Glanzstück.«

»Stimmt gar nicht! Da hatte ich eine 3! Das ist gar nicht so schlecht!«

»Aber auch nicht so gut. Es bleibt dabei – du gehst zu dem Kurs. Der geht von 9 bis 14 Uhr, danach kannst du immer noch *chillen*.«

Beim letzten Wort steht Anna wieder vom Bett auf und geht aus dem Zimmer. Kira bleibt mit offenem Mund neben mir liegen. Schließlich schüttelt sie den Kopf und schimpft los wie ein Rohrspatz.

»Hast du das gehört, Winston? Das ist ja monsterschlimm! Jeden Tag fünf Stunden Englisch lernen? Höchststrafe! Ich wollte etwas mit Pauli und Tom machen. Bei schönem Wetter mal an die Elbe fahren und da grillen. Vielleicht sogar im Zelt übernachten. Das kann ich dann wohl knicken … Mama ist einfach so unfair!« Sie schlägt mit der Hand auf ihr Kissen ein, ich rutsche vorsichtshalber ein Stückchen zur Seite.

Arme Kira! Eben noch so gut gelaunt und jetzt das! Es ist wirklich nicht leicht, ein Kind zu sein. Jedenfalls, wenn man eine Mutter wie Anna hat, die zwar sehr nett ist, die Schule aber sehr ernst nimmt. Das hat Anna bestimmt von ihrer eigenen Mutter geerbt, Kiras Oma Babuschka. Bei allem, was mit Lernen, Noten und Hausaufgaben zu tun hat, kennt Babuschka nämlich überhaupt keinen Spaß.

Babuschka kommt eigentlich aus Russland, lebt aber seit einiger Zeit bei uns. Und seitdem das so ist, haben wir alle ziemlich zugenommen, weil sie so gut kochen kann. Außerdem sind immer alle Hausaufgaben von Kira gemacht und alle Vokabeln geübt. Weil Babuschka das nämlich äußerst streng kontrolliert.

»Seitdem deine Mutter bei uns wohnt, ist hier Zug in der Bude«, hat Werner mal zu Anna gesagt. Erst habe ich mich darüber gewundert, weil doch gar kein Zug bei uns in der Wohnung herumfährt. Züge gibt es meines Wissens nur am Bahnhof, und weil ein Zug nur auf Gleisen fahren kann, ist die Gefahr, dass so einer aus Versehen in unser Wohnzimmer gerät, äußerst gering. Aber dann habe ich kapiert, dass Werner damit meinte, dass Babuschka uns alle auf Trab hält, auf »Zug« eben. Und damit hat er eindeutig recht.

Wer eigentlich Werner ist? Werner ist Professor Werner Hagedorn, mein menschlicher Dosenöffner, mit dem ich schon seit vielen Jahren unglaublich harmonisch zusammenlebe. Er unterrichtet an der Universität Hamburg Physik und wohnt mit mir, Anna, Kira und Babuschka in der Hochallee 106a im vornehmen Stadtteil Harvestehude. Anna ist seine Haushälterin. Aber nicht nur das: Mittlerweile sind Anna und Werner auch ein Paar. Also, ein Liebespaar, meine ich.

Apropos Liebespaar: Kira hat mittlerweile aufgehört, ihr Kissen zu verhauen, und so kann ich mich ganz ungefährdet an sie kuscheln, um sie ein bisschen zu trösten. Ich schnurre, was das Zeug hält, und schlecke einmal mit meiner rauen Zunge an ihrer Wange entlang. Damit entlocke ich ihr tatsächlich ein kleines Lächeln, und sie greift einmal um mich herum und beginnt, mich am Bauch zu kraulen. Schnurrrrrr! So ist es doch viel besser!

»Englisch-Intensivkurs, so ein Quatsch«, flüstert sie dann in mein Ohr. »Irgendwie muss ich um die Nummer herumkommen. Wenn ich nur eine Idee hätte!«

Dann dreht sie sich auf den Rücken und blickt zur Decke.

»Bitte, lieber Gott! Mach, dass noch irgendetwas passiert und ich nicht zum Englisch-Kurs muss. Ich verspreche auch, dass ich in Zukunft immer mein Zimmer aufräume und mich um das Katzenklo von Winston kümmere. Und ihm häufiger mal ein Leckerli in den Fressnapf lege.«

Maunz! Das klingt aber gut! Vorsichtshalber schließe ich mich diesem Gebet gleich mal an. Also, lieber Katzengott – verhindere irgendwie diesen blöden Englisch-Kurs, damit ich an mein Leckerchen komme! Ich verspreche auch, dass ich in Zukunft … ich überlege kurz, was ich versprechen könnte … okay, ich verspreche, dass ich in Zukunft versuchen werde, ab und zu mal eine Maus zu fangen. Auch wenn ich das eigentlich gar nicht mag.

Aber vermutlich werden unsere Gebete sowieso nicht erhört, denn wenn sich Anna etwas in den Kopf gesetzt hat, ist sie davon leider kaum abzubringen …

»Winston, mein Lieber!« Werner lässt sich neben mich auf das Sofa plumpsen. Hier mache ich vor dem Abendessen mein Nickerchen, oder besser gesagt: wollte ich vor dem Abendessen mein Nickerchen machen, denn nun hat mich Professor Hagedorn leider sehr unsanft geweckt. Was soll das? Ich kann mich doch gleich unmöglich auf mein Fressen konzentrieren, wenn ich gar nicht ausgeschlafen bin! Vorwurfsvoll gucke ich Werner an, aber der beachtet meinen Blick gar nicht. Stattdessen kramt er in seiner Hosentasche und hält mir schließlich ein kleines Kästchen unter die Nase.

»Weißt du, was da drin ist?«

Natürlich nicht. Ich kann schließlich nicht hellsehen. Eine so blöde Frage können auch nur Menschen stellen. Ich maunze kurz. Werner lacht leise in sich hinein und streicht mir über den Kopf.

»Tja, mein Lieber, jetzt bist du neugierig, was?«

Quatsch. Bin ich überhaupt nicht. Ich kann zwar nicht hellsehen, aber hellriechen. Will sagen: Wenn da ein Stück Geflügelleberpastete oder Ölsardine in dem Kästchen wäre, ich hätte es längst erschnuppert. Aber so interessiert mich der geheimnisvolle Inhalt rein gar nicht!

Werner dreht das Kästchen zwischen seinen Fingern.

»Abwarten, mein Lieber, abwarten«, murmelt er dann. »Du wirst es schon noch früh genug erfahren. Auf alle Fälle ist es etwas, was unser Leben völlig verändern wird. Glaube ich jedenfalls. Jetzt werde ich erst mal den perfekten Rahmen dafür schaffen, glaube mir!«

Heilige Ölsardine! Was redet der für ein verschwurbeltes Zeug! Ein perfekter Rahmen? Was meint er damit? Einen Bilderrahmen? Wofür? Ich verstehe kein Wort!

»Essen!«, ruft Babuschka aus der Küche und beendet damit sofort jeden weiteren Gedanken meinerseits an Bilder- oder sonstige Rahmen. Denn wenn Babuschka etwas für die Zweibeiner gekocht hat, landet meist auch etwas davon in meinem Napf. Erst hat Werner über diese Angewohnheit von ihr geschimpft, aber mittlerweile hat er sich damit abgefunden. Also nichts wie in die Küche!

Während ich dort gierig ein sehr leckeres Putengeschnetzeltes in mich hineinschlinge, höre ich, dass Werner am Esstisch mit einem Löffel oder einer Gabel an sein Glas klopft. Es gibt einen hellen, klingelnden Ton – fast, als würde er ein Glöckchen läuten. Nanu? Was soll das denn? So etwas kenne ich sonst nur von Familienfeiern. Wenn Werner dort an sein Glas schlägt, bedeutet es, dass er eine Rede halten will. Bei einem stinknormalen Abendessen hingegen hat er das noch nie gemacht. Ich lasse Putengeschnetzeltes Putengeschnetzeltes sein und schleiche neugierig hinüber ins Esszimmer.

Auch Anna, Babuschka und Kira schauen Werner erstaunt an. Der räuspert sich.

»Also, ich will gar keine lange Rede halten. Aber ich habe mir für die Pfingstferien eine kleine Überraschung für euch alle ausgedacht. Gewissermaßen etwas für die ganze Familie.« Werner lacht und klingt dabei fast ein bisschen nervös. Babuschka hebt die Augenbrauen.

»Uberraschung? Fur Familie?«

»Ja, Sie hören ganz recht, liebe Frau Kovalenko. Eine Überraschung für die ganze Familie. Ich habe lange nachgedacht, was uns allen gefallen könnte, und habe mir Folgendes überlegt«, er macht eine kleine Pause und zieht etwas aus seiner Hosentasche. Das Kästchen? Ich starre genau hin. Nein, es sieht wie ein Briefumschlag aus.

»Das hier«, er öffnet den Briefumschlag und nimmt ein Blatt Papier heraus, »habe ich für uns alle gebucht.« Er legt das Blatt auf den Tisch. Kira greift danach, liest es sich durch und stößt einen Freudenschrei aus.

»Hurra! Drei Tage Urlaub im Luna-Park! Mit der ganzen Familie! Und meinen Freunden! Inklusive Übernachtung im Luna-Hotel direkt im Park! Super! Vielen, vielen Dank, lieber Werner! Schätze mal, der Englisch-Kurs hat sich damit erledigt!« Sie kichert, Anna guckt böse.

Luna-Park? Nie gehört. Aber bei der Begeisterung muss das ja ganz was Feines sein. Gewissermaßen ein Kratzbaumparadies. Ich überlege kurz, was bei Menschen vergnügungstechnisch einem Kratzbaum wohl am nächsten kommt. Vielleicht der Fernseher? Immerhin verbringen Menschen sehr gern Zeit mit ihrem Fernseher. Ob der Luna-Park also ein Park mit vielen Fernsehern ist? Und Sofas?

Babuschka scheint die gleiche Frage umzutreiben.

»Luna-Park? Was ist?«

Anna seufzt und holt zu einer Erklärung aus. »Der Luna-Park ist ein großer Vergnügungspark in der Nähe von Hamburg. Vielleicht eine Stunde mit dem Auto. Da gibt es

Achterbahnen, eine Wildwasserbahn und ganz viele andere Fahrgeschäfte. Und Shows. Und es ist sehr, sehr teuer!«

Wildwasserbahn? Heilige Ölsardine. Das klingt schlimm! Richtig schlimm! Ich hasse Wasser! Und wildes Wasser macht die Sache definitiv nicht besser. Ich hoffe doch schwer, Urlaub *mit der ganzen Familie* schließt die Vierbeiner nicht mit ein. Normalerweise darf ich die Urlaube von Werner bei seiner Mutter, Frau Hagedorn, verbringen. Und wenn ich mir Annas Gesichtsausdruck so anschaue, ist sie auch nicht gerade scharf auf Unternehmen Luna-Park. Vielleicht kommt sie einfach mit zu Frau Hagedorn?

Babuschka hingegen reibt sich die Hände.

»Vergnugungspark! Sähr schön! Werden wir haben viel Spaß! Gibt sich auch Park mit Achterbahn in Omsk, ist sähr schön da!«

»Und es dürfen wirklich alle mitkommen?«, fragt Kira Werner. Der nickt.

»Also, wir alle? Mama, Babuschka, ich und du? UND Pauli und Tom?«

Wieder ein Nicken.

Kira jubelt. »Werner, du bist einfach der Beste!«

Da hat sie natürlich vollkommen recht! Jetzt zögert sie allerdings kurz.

»Aber was ist denn mit Winston? Der will doch bestimmt auch mitkommen!«

Ich? I wo! Auf gar keinen Fall! Frau Hagedorn ist das beste Katzenhotel der Welt. Macht euch um mich also gar keine Sorgen, ich komm schon klar.

Werner schüttelt den Kopf.

»Nein, Kira, Winston muss hierbleiben. Im Luna-Hotel sind keine Tiere erlaubt. Aber ich habe ihn für die Zeit in einer Katzenpension eingebucht. Meine Mutter ist leider selbst unterwegs, aber in so einer Pension mit lauter anderen Katzen wird es Winston bestimmt sehr gut gefallen.«

Heilige Ölsardine! Habe ich das gerade richtig gehört? Katzenpension? Lauter andere Katzen? Lauter FREMDE andere Katzen? Mit denen ich mir womöglich Sofa und Napf teilen muss? Ich glaube, meine Quietschmaus pfeift! Das ist ja wohl nicht dein Ernst, Werner! Bei meinem Kratzbaum: Auf gar keinen Fall werde ich Urlaub in der Katzenpension machen!

Hofdamen und Herzensdamen.

Ich muss mich einfach verstecken. Weglaufen. Untertauchen. Und erst wieder rauskommen, wenn meine Familie aus dem Luna-Park zurückkehrt. Was sind schon drei, vier Tage an der frischen Luft? Meine Katzenfreunde Odette, Karamell und Spike leben schließlich jeden Tag so – draußen, im Hinterhof unseres Hauses. Das kann nicht so schwer sein! Vielleicht könnte ich mich ihrer munteren Hofkatzen-WG anschließen? Die Idee ist gut, ich werde sie den dreien gleich vorschlagen!

Bevor mich Werner am nächsten Morgen also in meine Katzentransportbox stecken kann, schlüpfe ich rasch durch die Katzenklappen in Wohnungs- und Haustür und stehe wenige Augenblicke später vor dem Mülltonnenunterstand im Hinterhof. Hier ist gewissermaßen die Hofkatzenzentrale, der Treffpunkt, um den sich bei Odette, Karamell und Spike alles dreht. Kein Wunder: Das Dach des Unterstandes ist so ziemlich der einzige Fleck im Hof, auf den die Sonne fällt. Weil er außerdem recht windgeschützt ist, ist es hier meist kuschelig warm, und man kann hervorragend alle Tatzen von sich strecken und sich einfach mal erholen. Wovon auch immer, denn was Odette und Co. den ganzen Tag so treiben, ist mir trotz unserer Freundschaft immer noch nicht ganz klar. Okay, manchmal fangen sie mit mir Verbrecher, aber ansonsten?

Im Moment jedenfalls sind sie nicht da. Ich hüpfe auf das Dach und beschließe, auf die drei zu warten und mich dabei ein wenig zu sonnen. Die Sonnenstrahlen fallen direkt auf meine Nase und das kribbelt. Herrlich! So kann ich es mit Sicherheit die nächsten Tage aushalten.

Ich merke, wie ich müde werde. Kein Wunder, der Tag war doch bislang aufregend genug: Die Nachricht über den Ausflug und meinen geplanten Aufenthalt in der Katzenpension, und dann noch … ähem … maunz … ja, gut, mehr ist heute noch nicht passiert. Aber trotzdem bin ich müde. Zeit für ein Nickerchen!

Ein sanfter Nasenstupser weckt mich wieder. Ich schlage die Augen auf und blicke direkt in die wunderschönen schwarzen Augen von Odette. Sie schnurrt mich an.

»Hallo, Winston, was verschafft uns die Ehre?«

Odette ist mit sehr weitem Abstand die tollste Katzendame der Welt und ich habe das unglaubliche Glück, mit ihr befreundet zu sein. Obwohl sie fast den ganzen Tag auf der Straße beziehungsweise im Hof verbringt, hat sie seidenweiches weißes Fell und ist überhaupt wunderschön. Anfangs hat sie mich nicht für voll genommen. Aber mittlerweile hat sie eingesehen, dass ich kein lahmer Stubentiger bin, sondern dass ein echter Löwe in mir steckt.

»Hallo, Odette, schön, dich zu sehen! Du wirst es nicht glauben, aber ich überlege tatsächlich, ob ich nicht mal für ein paar Tage zu euch in den Hof ziehe.«

Odette sagt dazu nichts, sondern starrt mich aus ihren großen Augen an. Hinter ihr ertönt jetzt allerdings lautstarkes Fauchen – oder ist das eher heiseres Gelächter? Spike kommt angeschlichen und schüttelt sich beim Fauchen. Der dicke getigerte Kater scheint sich köstlich zu amüsieren. Fragt sich nur, worüber.

»Grüß dich, Kumpel! Was hast du vor? Ein paar Tage hier mit uns zu wohnen? Guter Witz!«

Ich rapple mich auf und werfe Spike einen bösen Blick zu.

»Ach ja? Was, bitte, ist denn daran witzig?«

Spike rekelt sich, dann hockt er sich neben mich und gähnt herzhaft.

»Ist doch wohl klar: Seine Hochwohlgeboren Winston Churchill auf einem Mülltonnenunterstand – bei Tag und bei Nacht? Das ist nicht nur witzig, das ist saukomisch!«

Frechheit! Ich wende mich Odette zu. Die könnte mich doch mal verteidigen! Aber sie legt nur den Kopf schief und sagt nichts zu diesen ungeheuerlichen Beleidigungen. Stattdessen taucht jetzt auch noch Karamell auf, um seinen Senf dazuzugeben.

»Spike hat recht – der edelste Kater weit und breit will auf einmal einen auf wild und gefährlich machen. Das ist eine Lachnummer!«

»Hey, nun seid nicht so gemein zu Winston!«, verteidigt

mich Odette schließlich doch. Klingt allerdings etwas lahm und nicht wirklich entschieden. Ich merke, wie mir das einen ziemlichen Stich versetzt.

Wortlos wende ich mich zum Gehen. Wenn die mich hier alle veralbern wollen, muss ich wenigstens nicht noch danebenstehen. Ich springe vom Unterstand und laufe Richtung Hofausgang.

»Hey!«, ruft mir Odette hinterher. »Wo willst du denn jetzt auf einmal hin?« Ich ignoriere sie und laufe weiter. Kurz darauf sprintet sie mir hinterher.

»Winston, nun sei doch nicht sauer! Das war doch nicht böse gemeint! Aber du musst doch zugeben, dass deine Idee erst mal etwas ungewöhnlich klingt. Bisher wolltest du jedenfalls noch nie längere Zeit mit uns im Hof verbringen, sondern hast dich nach all unseren Abenteuern gleich wieder in eure Wohnung verdrückt.«

Ich bleibe stehen.

»Was heißt denn hier verdrückt? Ich wohne dort!«

»Na ja, meinetwegen. Dann bist du eben in deine Wohnung zurückgekehrt. Ändert aber nichts daran, dass es bisher den Eindruck machte, als sei dir das Leben in eurer Wohnung deutlich lieber. So ohne Mäusefangen und mit gemütlichem Sofa.«

Maunz. Ertappt! Natürlich wäre ich ohne den drohenden Aufenthalt in der Katzenpension nicht auf die Idee mit dem Hofurlaub gekommen. Aber das werde ich Odette jetzt ganz sicher nicht auf die Nase binden. Stattdessen atme ich tief durch und antworte theatralisch: »Da sieht man mal, wie schlecht du mich kennst, Odette! Ich hätte liebend gern schon mal ein paar Tage bei euch verbracht, aber du hast mich nie gefragt. Und aufdrängen – das hat ein Winston Churchill nicht nötig!«

Bei den letzten Worten versuche ich, meiner Stimme ein dramatisches Zittern zu verleihen und besonders vorwurfsvoll zu klingen. Angriff ist schließlich die beste Verteidigung.

Odette kneift die Augen zusammen und mustert mich. Nanu, was kommt denn jetzt?

»Manchmal bist du echt ein Spinner, Winston.«

Spricht's, läuft wieder zu Karamell und Spike zurück – und lässt mich wie einen begossenen Pudel stehen. Heilige Ölsardine! Das ging ja gewaltig daneben!

Bedröppelt schleiche ich in die Wohnung zurück. Dort kommt mir Werner pfeifend entgegen, stoppt und kniet sich neben mich. Ich schaue nicht einmal zu ihm hoch. Bringt mich ruhig in die Katzenpension, ist mir doch egal. Es interessiert sich sowieso niemand für mich. Noch nicht mal meine vermeintlichen Katzenfreunde aus dem Hinterhof.

»Winston, Kumpel, alles gut bei dir? Du siehst irgendwie … matt aus«, stellt Werner messerscharf fest. Jetzt hebe ich doch den Kopf und maunze kläglich.

»Oje, das klingt ja grauenerregend! Lass mich raten –

Ärger mit einer gewissen Hofkatze? Einer weißen Katzendame? Also gewissermaßen deiner Hof- und Herzensdame?«

Klar. Meinem allerbesten Dosenöffner ist natürlich mittlerweile auch nicht verborgen geblieben, dass ich mein Herz an Odette verloren habe. Ich hatte sie sogar schon ein paar Mal zu Besuch in unserer Wohnung. Aber leider scheine ich für Odette trotz all unserer Abenteuer immer noch ein verweichlichter Wohnungskater zu sein. Ich lasse den Kopf wieder sinken, Werner nimmt mich auf den Arm und krault mich im Nacken.

»Ach, Liebeskummer ist wirklich schlimm, mein armer Freund! Aber glaube mir, irgendwann wird es schon mit der Dame klappen. Und wenn nicht mit der, dann mit einer anderen!«

Maunzmiau! Das will ich gar nicht hören! Ich will der Held für Odette sein – und nicht für irgendeine andere Katze!

Werner krault mich unbeirrt weiter.

»Sieh mal, ich habe auch sehr lange gebraucht, um die passende Herzensdame für mich zu finden. Und ich kann dich beruhigen: Ich bin nun wirklich schon ein alter Zausel und trotzdem habe ich mich noch einmal richtig doll verliebt! Anna ist wirklich meine Traumfrau!«

Er strahlt mich an, aber ich kann seine Freude leider nicht teilen. Schließlich bin *ich* noch kein *alter Zausel*, sondern ein Kater in den besten Jahren, und ich hoffe doch schwer, dass Odette ein bisschen schneller erkennt, dass ich der Richtige für sie bin! Unzufrieden maunze ich vor mich hin und Werner setzt mich wieder ab.

»Das wird schon werden, mein Freund. Jetzt verbringst du erst mal ein paar Tage in der Katzenpension und das ist vielleicht auch nicht schlecht. Du weißt schon: Willste gelten, mach dir selten!«

Heilige Ölsardine! Was will er mir denn damit sagen? Menschen und ihre Sprichwörter, da steige ich als Kater auch nach meinen langen Jahren als Haustier einfach nicht durch! Gelten? Selten? Katzenpension? Ich schlage mit dem Schwanz hin und her und versuche, Werner klarzumachen, dass ich ihn nicht verstehe. Er streichelt mir über den Kopf.

»Guck mal, Winston – wenn du mal ein paar Tage nicht da bist, wird Odette dich sicher vermissen. Es wird ihr auffallen, dass du ihr fehlst, und wenn du dann zurückkommst, wird sie überglücklich sein, dich zu sehen. Ganz sicher!«

Ich lege den Kopf schief und betrachte Werner. Klingt gar nicht mal so unlogisch, was er da sagt. Nur: In eine Katzenpension will ich auf gar keinen Fall. Irgendwie muss ich die nächsten drei Tage anders rumbringen. Vielleicht gelingt es mir, mit in diesen Freizeitpark zu kommen! Und wenn wir dann zurück sind, ist Odette aufgefallen, wie sehr sie mich vermisst hat. Ein guter Plan!

»So, und jetzt verrate ich dir noch ein Geheimnis«, beginnt Werner, in verschwörerischem Tonfall zu flüstern. »Aber du darfst es niemandem verraten!«

Haha! Sehr witzig, Werner! Schon vergessen? Ich bin ein Kater. Wie sollte ich Geheimnisse von dir verraten?

Werner zieht wieder das kleine schwarze Kästchen aus seiner Hosentasche und hält es mir diesmal direkt unter die Nase.

»Rate mal, was das ist!«, fordert er mich auf. Erneut schaue ich das Kästchen an. Eines ist schon mal klar – es ist immer noch nichts Leckeres darin verborgen, denn das würde ich erschnuppern.

»Okay, ich helfe dir ein bisschen auf die Sprünge«, gibt sich Werner großzügig. »Es hat etwas mit unserem Thema zu tun: Liebe.«

Heilige Ölsardine, Werner hat wohl einen Sonnenstich! Was soll denn ein kleines schwarzes Kästchen mit Liebe zu tun haben? Jetzt bin ich tatsächlich ein bisschen neugierig geworden und schnuppere noch einmal daran. In diesem Moment öffnet Werner es mit einem leisen *Klack!* und gibt den Blick auf seinen Inhalt frei. Es ist – ein Ring mit einem funkelnden Stein!

Ratlos drehe ich mich zu Werner um. Was hat denn ein Ring mit Liebe zu tun? Werner klappt das Kästchen wieder zu und lächelt mich an.

»Da staunst du, was? Mit diesem Ring, mein Freund, werde ich um Annas Hand anhalten.«

Was will Werner machen? Ich verstehe kein Wort.

»Wenn wir erst alle im Park sind, werde ich einen besonders romantischen Moment abwarten. Vielleicht fahre ich mit Anna Riesenrad. Und wenn wir dann ganz oben sind, dann ziehe ich das Schmucketui aus der Tasche, falle vor ihr auf die Knie und frage sie, ob sie meine Frau werden will. Und dann sind wir endlich eine richtige Familie. Anna, Kira, Babuschka, du und ich. Was sagst du dazu?«

Ach, das hat er vor! Er will Anna mit einem Ring markieren. Damit jeder gleich sieht, dass sie zu ihm gehört. Was ich dazu sage? Ganz einfach:

MIAU!!!! Gute Idee! Und: Jetzt muss ich natürlich erst recht mit in den Luna-Park! Wenn wir eine Familie werden, darf der Familienkater auf keinen Fall fehlen …

Ein blinder Passagier, seltsame Putzmänner und ein wahrer Höllenritt.

Viele unterschiedliche Menschen. Sehr viele. Ein Stimmengewirr wie an einem Montagmorgen in der Pausenhalle der Schule. Kinder, Jugendliche und auch ein paar Erwachsene, aber davon wahrscheinlich deutlich weniger. Ganz sicher bin ich mir da allerdings nicht. Wie auch? Bei meinen Vermutungen bin ich ausschließlich auf meine Nase und meine Ohren angewiesen, denn ich stecke in einem Rucksack und werde von Tom durch die Gegend geschleppt.

Wie das passieren konnte? Ganz einfach: Ich habe vor meiner geplanten Abreise in die Katzenpension noch mal ein ernstes Wörtchen mit Kira *geredet*. Also, natürlich nicht wirklich gesprochen – aber seit unserem Körpertausch verstehen Kira und ich uns meist auch so. Ich musste nur ein paarmal fauchend um die Transportbox im Flur herumschleichen, da wusste Kira, was sie zu tun hatte: Nämlich Werner und Anna zu erzählen, dass sie und ihre Freunde mich schon mal zu Fuß in die Katzenpension bringen würden, die sei schließlich gleich um die Ecke und der arme

Winston hasse doch die Transportbox so sehr. Als Nächstes, bei der Katzenpension anzurufen und mitzuteilen, der arme Kater sei leider krank und könne nicht gebracht werden. Und dann mich mitsamt dem Katzenfutter in Toms großem schwarzem Rucksack zu verstecken.

Die erste Hürde haben wir damit spielend genommen: Als Werner mit dem eigens für den Urlaub geliehenen VW-Bus vorfuhr, nahmen in ihm nicht nur Anna, Babuschka, Kira, Pauli und Tom Platz, sondern auch meine Wenigkeit, gut getarnt als Gepäckstück. Ich, Winston Churchill, reise also im wahrsten Sinne des Wortes als blinder Passagier, denn richtig viel sehen kann ich in diesem Rucksack tatsächlich nicht. Allerdings scheint sich in der Plastikbox, auf der ich sitze, ein Salamibrötchen zu befinden. Es riecht jedenfalls verführerisch, und ich bin kurzzeitig versucht, mit meinen Krallen den Verschluss zu öffnen und es mir einzuverleiben. Mache ich natürlich nicht – Tom das Frühstück wegzufressen, hat doch etwas Unehrenhaftes.

Nun sind wir anscheinend angekommen, denn Tom ist mitsamt seinem Rucksack ausgestiegen, alle anderen auch, und wir stehen an diesem lauten Ort voller Menschen. Ich versuche, am oberen Rand des Rucksackbeutels einen Blick auf meine Umgebung zu erhaschen. Tom hat den Reißverschluss nicht ganz geschlossen, und so kann ich einen kleinen Ausschnitt sehen: Wir stehen tatsächlich in einer Halle. Allerdings sieht sie nicht so aus wie die Pausenhalle des Wilhelminen-Gymnasiums, also ohne Möbel, mit vielen Zetteln an den hell getünchten Wänden und einem sehr großen Schwarzen Brett, an dem der Vertretungsplan und andere Mitteilungen der Schulleitung hängen. Nein, hier scheinen die Wände mit Holz getäfelt zu sein, es stehen gemütlich aussehende Sessel und Sofas herum und direkt vor uns befindet sich etwas, das wie ein sehr langer Tisch aussieht. Dahinter stehen mehrere junge Frauen in einer Art Uniform und unterhalten sich mit den Menschen auf der anderen Seite des Tisches.

Auch wir scheinen uns auf den Tisch zuzubewegen, denn er kommt immer näher und schließlich steht Werner vor einer der jungen Frauen und wird von ihr sehr freundlich begrüßt.

»Willkommen im Luna-Hotel! Wie kann ich Ihnen helfen?«

Aha! Wir sind im Hotel angekommen! Ich bin gespannt. In einem Hotel war ich in meinem Katerleben tatsächlich noch nie. Werner schon häufiger, aber ich durfte immer nicht mitkommen. Offenbar gehören Hotels nicht zu den Orten, an denen Samtpfoten gern gesehen sind. Mir völlig unverständlich, schließlich sind wir immer eine Zierde und machen uns auf wirklich jedem Sofa gut!

Werner erzählt der jungen Frau kurz, wer wir sind und dass er Zimmer für uns reserviert hat. Dann reicht sie ihm einem Umschlag und bittet irgendjemanden, den ich durch den Schlitz des Rucksacks nicht sehen kann, uns zu unseren Zimmern zu bringen.

Kira hat Tom anscheinend in die Seite geboxt, jedenfalls schwankt der kurz und somit auch der ganze Rucksack.

»Wow, ist das nicht toll hier? Und sieh dir mal das Hotelpersonal an! Verkleidet wie Leute vom Zirkus! Super! Ich freue mich so, hier zu sein!«

»Ja, klasse! Ich komme mir wirklich vor wie in einer Show – guck mal, dahinten jongliert ein Clown mit Bällen!«

Maunz! Das würde ich auch gern sehen, aber ich muss in meinem Rucksack bleiben, und der scheint leider genau in die andere Richtung zu zeigen. Und so sehe ich nicht den Clown, sondern einen Putztrupp, der sich gerade in Gang setzt und an den getäfelten Wänden des Saals entlangwischt.

»Hey, hab ich noch nie gesehen Menschen, wo putzt so schlecht!«, ruft Babuschka, die das Reinigungspersonal offenbar auch bemerkt hat. Ich kann mir ein schnurriges Katerlachen nicht verkneifen. Das ist wieder typisch *unsere* Babuschka! Wenn es ums Putzen und überhaupt die Ordnung geht, ist sie wirklich streng. Durch den Schlitz beobachte ich, wie Babuschka auf die zwei Männer in weißen Kitteln zuläuft und auf sie einredet. Leider ist der Geräuschpegel in der Halle so hoch, dass ich nicht verstehe, was sie ihnen sagt. Es scheint sich um eine kurze Einweisung in richtiges Putzen zu handeln, denn Babuschka fährt mit einem imaginären Staubwedel an dem Absatz der Holzvertäfelung entlang. Die beiden Männer starren sie an, sagen kein Wort, sondern schütteln nur die Köpfe. Dann schieben sie mit ihrem Putzwagen von dannen und würdigen Babuschka keines Blickes mehr.

Wutschnaubend kehrt sie zu uns zurück.

»Ist sich große Frächheit! Was erlaube? Haben nix gut sauber gemacht! Und das in teures Hotel!«

»Mamuschka!« Anna, die ich nicht sehen, aber sehr gut hören kann, klingt genervt. »Ich freue mich auf entspannte Tage in diesem schönen Hotel! Würdest du bitte aufhören, dich so unmöglich zu benehmen?«

»Ha!« Babuschka klingt beleidigt, und ich glaube, am liebsten würde sie Anna jetzt mal richtig die Meinung sagen – aber in diesem Moment schaltet sich Werner ein.

»So, Friede auf Erden, meine Lieben! Wir wollen uns doch die schönen Tage hier nicht verderben! Ich schlage vor, wir bringen kurz unser Gepäck auf die Zimmer und gehen dann gleich in den Park. Die Sonne scheint und die Zuckerwatte und die Achterbahnen rufen. Ich kann sie ganz deutlich hören …«

Die Zuckerwatte und die Achterbahnen rufen? Was meint er bloß damit? Ich bin gespannt!

Eine Stunde später weiß ich es. Nach einer kurzen Pause von meinem Dasein im Rucksack, in der ich durch das Hotelzimmer von Kira, Pauli und Tom stromern und mich sogar in der mitgeschleppten Katzentoilette erleichtern durfte, bin ich jetzt wieder in meinem mobilen Versteck und werde von Tom durch den Park geschleppt. Werner hat für alle Zuckerwatte gekauft und die Kinder haben mich von diesem süßen, klebrigen Zeugs probieren lassen. Ungewöhnlich – aber auch irgendwie lecker! Eine sehr gute Entdeckung!

Überhaupt keine gute Entdeckung ist hingegen die Achterbahn. Nachdem wir sehr lange (sehr, sehr lange!) mit vielen anderen Menschen herumgestanden haben und ich schon an den lauten Rufen und den aufgeregten Schreien hören konnte, dass als Nächstes etwas ganz Besonderes passieren muss, zerrt jemand plötzlich an Toms Rucksack.

»Hey, junger Mann«, höre ich eine tiefe Stimme, »den Rucksack musst du hier abgeben. Den kannst du nicht mit in die Bahn nehmen.«

»Moment mal!«, mischt sich jetzt Kira ein. »Mein Bruder hat lebenswichtige Medikamente dadrin. Die darf er keine Sekunde aus den Augen lassen.«

»Die Fahrt dauert nur zwei Minuten. Und mit Rucksäcken ist es einfach zu gefährlich«, beharrt die Stimme.

»Wirklich! Ich bin Allergiker! Wenn mich eine Wespe sticht, brauche ich sofort eine Spritze. Sofort!«, versucht Tom, die andere Person zu überreden. Die seufzt.

»Also, wenn das alles so schlimm bei dir ist, dann solltest du eigentlich gar nicht mit dieser Bahn fahren.«

»Aber wir haben fast eine ganze Stunde gewartet«, regt sich Pauli nun auf. »Wenn wir jetzt wieder gehen müssen, dann fange ich hier sofort an zu heulen! Tom kann sich den Rucksack doch vor seinen Bauch schnallen. Dann fliegt der nicht rum und im Notfall kommt Tom schnell an sein Medikament.«

Kurze Pause.

»Na gut. Weil ihr so lange angestanden habt. Aber das ist eine Riesenausnahme und danach will ich euch mit dem Rucksack hier nicht mehr sehen. Verstanden?«

»Verstanden!«, rufen die drei wie im Chor. Dann gehen sie weiter und kurz darauf setzt sich Tom in eine Art Gefährt mit einem Metallgestänge ringsherum – jedenfalls sieht das, was ich durch den Schlitz erkennen kann, so aus. Dann nimmt er den Rucksack tatsächlich vom Rücken nach vorn, kurz werde ich durchgeschüttelt.

Und dann beginnen die schlimmsten zwei Minuten meines Lebens: Nach einem *Klack!* gibt es einen kräftigen Ruck, dann surrt etwas. Ich sehe durch den Rucksackschlitz, dass wir uns vorwärtsbewegen und schließlich steil nach oben zu fahren scheinen. Mittlerweile liege ich fast waagerecht auf Toms Bauch. Eine ganze Zeit lang fahren wir so hoch, wohin, kann ich nicht sehen. Dann halten wir wieder an – um plötzlich in die Tiefe zu fallen! Fallen? MAUNZ! Und ABZUSTÜRZEN!! Ins Bodenlose! Ich merke, wie mein kleiner Katermagen einen Satz nach oben macht, vor Schreck kräuseln sich mir die Schnurrhaare auf. Was ist denn hier bloß los? Das ist ja grauenhaft! Und bestimmt unsagbar gefährlich! Heilige Ölsardine, wo bin ich hier bloß reingeraten?

Ich versuche, wieder einen Blick durch den Rucksackrand zu erhaschen, aber in diesem Moment scheint sich unser Gefährt mitsamt seinen Passagieren auf den Kopf zu stellen und ich werde unsanft auf Toms Schoß gedrückt.

Mittlerweile rebelliert mein Magen regelrecht, ich fühle mich wie ein bedauernswerter Pullover im Schleuderprogramm der Waschmaschine. Hilfe, ich will hier raus!

Es geht erneut steil nach oben, dann stürzen wir wieder hinunter. Danach eine mehrfache Drehung um die eigene Achse. Ich höre Kira und Pauli schreien, aber es klingt nicht ängstlich, sondern nach Spaß und Abenteuer. Mir hingegen ist unendlich schlecht, und ich fühle mich, als hätte ich gerade sieben meiner neun Katzenleben unwiederbringlich ausgehaucht. Schließlich hält unser Gefährt mit einem scharfen Ruck. Ich würde mich liebend gern schütteln, um mich zu vergewissern, dass ich noch lebe. Geht aber nicht, der Rucksack ist zu eng.

»Mann, war das super!«, jubelt Pauli. »Das müssen wir unbedingt noch mal machen!«

»Ja!«, rufen Tom und Kira gleichzeitig.

»Nein!«, würde ich am liebsten schreien. Die sind ja wohl komplett verrückt geworden! Noch einen weiteren Höllenritt überlebe ich nicht!

Als die Kinder also wieder aus dem Gefährt ausgestiegen und weitergegangen sind, fange ich deswegen an, wie verrückt zu strampeln und zu zappeln, um mich bemerkbar zu machen. Tom öffnet den Rucksack, und ich fauche sofort los, was das Zeug hält.

»Auweia, ich würde mal sagen, Winston hat es im Super-Twister überhaupt nicht gefallen«, stellt Kira fest und schaut einigermaßen betreten. Dann streichelt sie mir über den Kopf.

»Tut mir leid, Winston! Aber vielleicht ist ein Vergnügungspark doch nicht das Richtige für einen Kater. Was machen wir denn jetzt bloß? Im Hotel können wir dich nicht lassen, da sind Tiere streng verboten. Und wenn wir dich tatsächlich immer mit Rucksack am Eingang der Fahrgeschäfte abgeben, ist das doch sehr langweilig für dich.«

Bei meinem Kratzbaum – lieber ein bisschen Langweile ertragen, als noch einmal diese Tortur durchzustehen! Ich strample mich aus dem Rucksack hoch, deute mit der Tatze in die Richtung, in der ich den schrecklichen Super-Twister vermute, und schüttle meinen Kopf, so energisch ich nur kann.

Kira, Tom und Pauli brechen in Gelächter aus.

»Guckt mal, Winston hat wohl eine klare Abneigung gegen Achterbahnen!«

Haha, sehr lustig! Und schön, dass wenigstens ihr euren Spaß habt! Ich fauche empört und tauche beleidigt in die Tiefen des Rucksacks ab. Kiras Hand folgt mir jedoch sofort und kitzelt mich an meinem Bäuchlein.

»Hey, Kumpel, nun sei doch nicht sauer! Wir wollten dich eben nicht allein lassen. Wenn es dir aber in den Loopings nicht gut geht, dann geben wir dich beim nächsten Mal am Eingang ab und du machst ein Päuschen, während wir fahren. Einverstanden?«

Ich weiß zwar nicht, was Loopings sind, aber: Sehr einverstanden mit einer Pause!

Eine folgenschwere Verwechslung.

Oje, o Jammer, mir wird schon wieder schlecht! So ein stockdunkler Rucksack mit ungenügender Sauerstoffzufuhr ist eben einfach nichts für den Bewohner einer riesigen Luxuswohnung wie mich. Und jetzt macht Tom auf einmal auch so merkwürdige Riesenschritte, dass ich noch mehr hin- und herschaukele. *Maunz!* Vielleicht ist ihm ja auch ein wenig übel geworden in der Achterbahn oder sogar schwindlig. Na, Hauptsache, er fällt nicht hin und auf mich drauf. Das fehlte gerade noch! Und was schnauft der auf einmal eigentlich so komisch?

Ich sollte mich besser mal bemerkbar machen und ihm zu verstehen geben, dass er eine etwas ruhigere Gangart einlegt, damit mir nicht noch ein Malheur passiert. Bevor ich jedoch ein empörtes Miau von mir geben kann, merke ich, dass er den Rucksack wieder von den Schultern nimmt und irgendwo absetzt. Der Reißverschluss öffnet sich. Und dann, ja dann starre ich in ein wildfremdes Augenpaar, das mindestens ebenso entsetzt zurückstarrt.

»Oh Gott, wie kommt denn dieses Vieh da rein?«, brüllt

mich ein unbekannter Mann an. Vieh? Meint der etwa mich? Unverschämtheit! Als Antwort fauche ich vorsichtshalber einmal. Der Mann weicht entsetzt zurück, und ich erlaube mir aus meinem Loch heraus einen schnellen Blick in die Runde. Weit und breit kein Tom zu sehen, und auch keine Kira oder Pauli. Hier stimmt was nicht. Und deshalb mache ich auch lieber einen Riesensatz, springe aus dem Rucksack, der auf einer Parkbank steht, und flitze unters nächste Gebüsch.

Von dort beobachte ich, wie dieser ungehobelte Mensch hektisch den Rucksack ausschüttelt und dann verdattert guckt. »Ach du meine Güte, das ist ja gar nicht meiner!«, höre ich ihn rufen, und dann geht er ganz schnell in die Richtung, aus der wir gerade gekommen sein müssen.

So langsam schwant mir etwas. Tom musste sein Gepäck ja am Eingang der Achterbahn abgeben. Offensichtlich ist bei der Rückgabe etwas gewaltig schiefgelaufen und jemand hat diesem Typen Toms Rucksack ausgehändigt. Und Tom läuft jetzt wahrscheinlich mit dem Rucksack des Mannes durch die Gegend. Ach du heiliges Katzenklo, eine Verwechslung!

Und jetzt schwant mir noch mehr. Nämlich, dass ich ganz allein bin. Mutterseelenallein. Getrennt von Kira, Pauli und Tom – und auch noch auf mir völlig unbekanntem Terrain. Für einen Augenblick bekomme ich vor lauter Schreck Schnappatmung. Was soll ich denn jetzt nur tun?

Ruhig Blut, Winston, ruhig Blut, spreche ich mir selber Mut zu. Panik hilft jetzt nicht weiter, ein gestandener Kater muss in einer solchen Situation einen kühlen Kopf bewahren! Deshalb schnaufe ich tief durch und laufe dann nach links, dem Mann hinterher, der bestimmt zur Achterbahn zurückgegangen ist. Ich kann ihn in dem ganzen Menschen-Gewusel bloß nirgendwo mehr entdecken und gehe aufs Geratewohl einfach weiter. Die Achterbahn muss ja gleich kommen, und da warten bestimmt schon meine Kinder auf mich.

Nach einer halben Stunde und nachdem ich komische Anlagen mit noch komischeren Namen wie Bergexpress, Saharaflitzer und Niagara Adventure passiert habe, muss ich allerdings zugeben, dass ich wohl komplett die Orientierung verloren habe. Das ist aber auch alles unübersichtlich in diesem Vergnügungspark! Außerdem knurrt seit geraumer Zeit mein Magen, und wenn ich hungrig bin, kann ich sowieso nicht vernünftig denken. Am besten wird es sein, wenn ich mal kurz ein klitzekleines Päuschen einlege und in Ruhe überlege, wie ich eigentlich die Kinder wiederfinde.

Ich springe auf eine Parkbank und fange an, mir die Pfote zu lecken, während mein Hirn auf Hochtouren arbeitet. Eines ist klar: Am besten wäre es, wenn ich zum Luna-Hotel zurückgehe. Da müssen die Kinder ja früher oder später wieder auftauchen. Aber wie finde ich da nur hin? Nach dem Weg fragen kann ich schlecht. Es wird mir also gar nichts anderes übrig bleiben, als einfach auf gut Glück loszulaufen und zu hoffen, dass ich zwischen den ganzen Menschenbeinen nicht den Überblick verliere. Und dass mir niemand aus Versehen auf den Schwanz tritt!

Gerade will ich mit einem eleganten Satz meine Bank verlassen und meine Suche fortsetzen, da packt mich jemand im Nacken und schüttelt mich.

»Bartholomeo, du Halunke, hier steckste du also!«, brüllt dieser Jemand. »Haste wohl gedacht, dass du dich kannst vor der Arbeit drücken und faul in der Sonne liegen, was? Nix da, die Pflicht ruft! Alora, andiamo!«

Wer ruft? Und wer, um Himmels willen, ist Bartholomeo? Die eiserne Hand schüttelt mich immer noch, dann hebt sie mich hoch, und ich blicke schon zum zweiten Mal an diesem Tag in ein Paar fremde Augen. Diese Augen gehören zu einem sehr, sehr großen Mann, der einen sehr, sehr großen Schnauzer trägt. So groß, dass er ihm links und rechts nach oben gedreht vom Gesicht absteht. Wäre meine Lage nicht derartig verzweifelt, könnte ich glatt über diesen Anblick lachen. Ein Mensch mit Schnurrhaaren, haha!

Aber zum Lachen ist mir überhaupt nicht zumute, denn dieser Kerl denkt offensichtlich überhaupt nicht daran, mich jemals wieder loszulassen, sondern marschiert einfach los. Ich fauche, ich strample, ich fahre meine Krallen aus. Das nützt mir aber alles nichts. Er hat mich fest im Griff und hält mich einfach außerhalb seiner Reichweite, sodass ich ihn nicht kratzen kann. Und dabei schimpft er ununterbrochen und redet wirres Zeug.

»Haut einfach ab, dieser blöde Kater ...«

»Seit einer halben Stunde wollten wir schon proben ...«

»Als ob ich habe nichts anderes zu tun, als ständig zu suche diese Katze ...«

Hilfe, ich werde gerade von einem Verrückten entführt! Und verrückt muss dieser Mensch sein, denn er trägt ein Kostüm – ein helles Jackett mit glänzenden Streifen und Knöpfen, eine enge dunkle Hose und lange Stiefel, dabei ist doch gar kein Fasching. Der Typ hat sich doch glatt als Zirkusdirektor verkleidet, so sehen die nämlich aus, das hat Kira mir mal auf einem Plakat gezeigt. Auch die jungen Frauen im Hotel waren so verkleidet, das scheint also hier im Luna-Park ein wichtiges Thema zu sein.

Aber auch wenn er verrückt ist, scheint er genau zu wissen, wo er hinwill. Mit Sieben-Meilen-Schritten rennt er zielstrebig mit mir über das Gelände und bleibt schließlich schnaufend vor einem riesigen, gestreiften Gebilde stehen. Was ist das denn?

Als er mich in dieses Gebilde hineinträgt, erkenne ich es: Das ist tatsächlich ein echtes Zirkuszelt mit einer echten Manege in der Mitte! Und mein feines Näschen erschnuppert es sofort: Es treten auch Tiere auf. Während ich mich noch wundere, was wir hier wohl machen, läuft der Kerl quer durch das Zelt und zum Hintereingang wieder heraus. Draußen auf dem Hof steht ein Metallkäfig. Er öffnet die Tür, schmeißt mich schwungvoll hinein, schiebt den Riegel vor und wendet sich zum Gehen. »In fünfzehn Minuten starten wir«, bellt er mir noch zum Abschied zu.

Ich bin so verblüfft über diese ganze Entwicklung, dass es einen Augenblick dauert, bis ich es bemerke: Ich bin nicht der einzige Gefangene. Hinten in einer der Ecken steht eine ganze Truppe und betrachtet mich schweigend.

Was ist das denn für ein trauriger Haufen? Ich blinzle gegen das Sonnenlicht und erkenne eine Ziege, zwei Papageien, einen kleinen Affen und – ach du elender Katzenjammer! – zwei Hunde!

Das ist heute wirklich nicht mein Tag. Ich bin mit zwei Hunden in einem Käfig eingesperrt, schlimmer geht's nimmer! Unwillkürlich mache ich einen Buckel und hüpfe auf gestreckten Beinen einen Meter zurück. Die Ziege schnaubt, kommt vorsichtig ein paar Schritte auf mich zu und betrachtet mich eingehend. »Well«, sagt sie nach dieser Musterung zu den anderen. »Die Ähnlichkeit ist wirklich verblüffend. Aber er ist es nicht.«

»Äh, bitte was?«, frage ich verständnislos.

Die Ziege räuspert sich umständlich. »Gestatten, O'Nelly mein Name«, meckert sie dann. »Und mit wem, my dear, haben wir das unerwartete Vergnügen?«

Oh Mann, da drückt sich aber jemand gewählt aus. Deshalb antworte ich ganz förmlich: »Winston, Winston Churchill.«

»Sehr angenehm«, meint O'Nelly. »Bist du eine Vertretung?«

Ich verstehe nur Bahnhof. »Vertretung?«

»Für unseren good old boy. Für Bartholomäus.«

»Nein, nein, da muss irgendein Irrtum vorliegen. Ich vertrete niemanden. Ich habe mir nur die *Beine* vertreten, und dann kam dieser Verrückte und hat mich einfach mitgenommen und hier eingesperrt. Kann mir das mal irgendjemand erklären?«, frage ich empört.

»Oh my God!«, sagt die Ziege kopfschüttelnd. »Mister Balotelli muss dich verwechselt haben. Bartholomäus und du, ihr seht euch so ähnlich wie eineiige Zwillinge!«

Eineiig? Was will diese alte Ziege mir denn damit sagen? Frechheit! Bevor ich meiner Entrüstung Ausdruck verleihen kann, turnt nun das Äffchen an den Gitterstäben entlang, plumpst mir direkt vor die Füße und schnuppert neugierig an mir. »So ähnlich wie ein Ei dem anderen«, nuschelt es dann nachdenklich. »Riecht aber ganz anders als Bartholomäus.«

»Wer ist denn eigentlich dieser Bartholomäus?«, hake ich nach.

»Ein schwarzer Kater, genau wie du«, erklärt O'Nelly. »Und die Hauptattraktion unserer fabulous Show. Wenn ich einmal vorstellen darf …« Die Ziege hebt stolz den Kopf und deutet mit ihren Hörnern auf die beiden Papageien. »… Romeo und Julia, unsere fliegenden mathematischen Genies …«

»Zwei mal zwei …«, sagt der erste Vogel.

»… ist vier«, ergänzt der zweite.

»Hier vorne«, die Hörner zeigen nun auf den Affen, »haben wir Floyd, den Tausendsassa am Trapez.«

Wie zur Bestätigung macht Floyd einen lässigen Rückwärtssalto aus dem Stand.

»Dahinten siehst du Pat und Patachon, unsere wirbelnden Hunde …«

Als hätten sie ein Kommando bekommen, rollen die zwei Kläffer nun auf dem Boden hin und her, zum Schluss der Darbietung springen sie beide wieder auf und der kleine, albern gelockte Pudel auf den Rücken des stattlichen Bernhardiners, wo er wie zum Gruß eine Pfote hebt.

»Nicht zu vergessen Bartholomäus, the flying cat. Und zu guter Letzt, last but not least, meine Wenigkeit.« Die Ziege senkt den Kopf und knickt mit ihren Vorderbeinen ein, sodass ihr Hintern in die Luft ragt. »Das irische Teufelsweib.«

»Beeindruckend, echt beeindruckend«, beeile ich mich zu sagen. »Aber wo ist denn nun dieser Bartholomäus?«

»Oh!« O'Nelly richtet sich wieder auf. »Er hat sich bei seinem letzten Auftritt die Vorderpfote verrenkt und ist seitdem, well, ein wenig indisponiert. Und Mister Balotelli hat dich wohl für ihn gehalten und deshalb zu uns gebracht. Wir sollten nämlich längst für die Show heute Nachmittag proben, verstehst du?«

»Äh, ja ... ich meine nein ... also vielleicht ...«, stammle ich verwirrt. »Egal. Ich bin jedenfalls nicht dieser Bartholomäus. Ich bin aus Versehen von meiner Familie getrennt worden und habe mich verlaufen. Und ich muss hier ganz schnell wieder raus und zu diesem Luna-Hotel. Da wohnt nämlich meine Familie, also mein Dosenöffner Werner und Kira und Anna und ... Egal. Die machen sich bestimmt schon Sorgen um mich!«

»Oh!« O'Nelly guckt bedauernd. »Well, das ist ja wirklich eine dumme Geschichte, die dir da passiert ist.«

Ich nicke eifrig. Endlich scheint dieses irische Teufelsweib die Dramatik meiner Lage zu verstehen. »Genau! Und deshalb brauche ich auch eure Hilfe«, sage ich hoffnungsvoll, denn unter Tieren hält man schließlich zusammen. »Also, wie komme ich erstens hier raus? Und wo finde ich zweitens das Hotel? Könnt ihr mich vielleicht hinbringen? Ihr kennt euch doch hier aus?«

»Well«, meint O'Nelly gedehnt, »das müssen wir in der Gruppe besprechen.« Und dann trottet sie zurück in die Ecke zu ihren Gefährten, Floyd springt eilig hinterher.

Die sechs stecken ihre Köpfe zusammen und tuscheln aufgeregt miteinander. Sosehr ich auch meine Öhrchen spitze, ich kann kein Wort verstehen. Was gibt es da eigentlich zu besprechen? Ich bin ein Kater in Not!

Nach ein paar Minuten ist das Palaver beendet und O'Nelly kommt mit wichtiger Miene zu mir zurück. »Wir helfen dir natürlich«, sagt sie.

Na also, geht doch.

»Wenn du uns hilfst«, fügt sie hinzu.

»Äh, wie meinst du das?«, frage ich unsicher.

»Well, ganz einfach: Du wirst heute anstelle von Bartholomäus auftreten, sozusagen als sein Ersatz. Und morgen bringen wir dich dafür zu deiner Familie. Okey-doke?«

»Ich soll auftreten?« Entgeistert starre ich O'Nelly und die anderen an, die auffordernd zurückgucken.

»Das kann ich nicht! So etwas habe ich schließlich noch nie gemacht!« Insgeheim finde ich die Vorstellung, vor Publikum herumzuhüpfen und irgendwelche Kunststückchen darzubieten, auch vollkommen absurd. Und entwürdigend!

»Ehrlich, Kumpels, da wäre ich euch echt keine Hilfe. Ich bin nämlich ziemlich ungeschickt. Und es ist zwar total nett bei euch, also, danke für eure Gastfreundschaft, aber ich kann unmöglich bis morgen bleiben. Das versteht ihr doch sicher, oder?«

Der Trupp schaut mich schweigend an.

»Ich. Muss. Raus. Hier. Sofort!«, wiederhole ich eindringlich.

O'Nelly räuspert sich erneut. »Sorry, wenn du uns nicht hilfst, können wir auch nichts für dich tun.«

»Das ist Erpressung, eine ganz gemeine Erpressung!«, fauche ich.

O'Nelly sieht völlig ungerührt aus. »Nenn es, wie du willst. Aber eine Hand wäscht die andere, so läuft es bei uns.«

Am liebsten würde ich dieser alten Ziege jetzt ins Genick springen und ihr mal demonstrieren, wie es sich anfühlt, wenn meine Pfote ihre Nase wäscht. Aber das wäre wahrscheinlich wenig zielführend. Angestrengt denke ich nach. Ich kann es drehen und wenden, wie ich will: Ich bin dieser hundsgemeinen Erpresser-Bande auf Gedeih und Verderb ausgeliefert. Ohne sie komme ich hier nicht raus. Und selbst wenn – ich würde mich sofort wieder verlaufen und wahrscheinlich einen qualvollen Hungertod sterben, einsam und allein, vergessen und verraten unter einem Busch. Bei dem Gedanken daran gibt mein Magen einen unheilvollen Laut von sich.

»Nach der Probe gibt es übrigens immer ein opulentes

Dinner«, unterbricht O'Nelly meine Überlegungen. »Und das Catering ist wirklich außergewöhnlich schmackhaft.«

Also gut. Meine Entscheidung ist gefallen. Dann springe ich eben für diesen ominösen Bartholomäus ein. Wird ja wohl nicht so schwer sein. Immerhin bin ich ein Kater in den besten Jahren und topfit, sozusagen auf der Höhe meiner körperlichen Leistungskraft!

»Überredet«, sage ich leichthin. »Ich mach's. Und gleich morgen früh bringt ihr mich zum Luna-Hotel. Abgemacht?«

»For granted, du kannst dich auf uns verlassen!«, ruft O'Nelly begeistert, und auch die anderen brechen in Jubelgeschrei aus.

Ich muss zugeben: Ihre Begeisterung ist ansteckend. Wann hat sich das letzte Mal jemand so über meine Gesellschaft gefreut? Deshalb grinse ich jetzt auch ziemlich zufrieden. »Bevor ich's vergesse: Was genau ist eigentlich mein Job?«, frage ich dann noch in die allgemeine Bombenstimmung hinein.

»Ach, nichts weiter. Wahrscheinlich 'ne Kleinigkeit für dich«, meint Floyd und winkt ab. »Du sollst nur in zehn Metern Höhe durch einen kleinen, brennenden Reifen springen …«

Retter in der Not – wider Willen!

»Was soll ich?«, maunze ich fassungslos. Vor lauter Entsetzen kräuseln sich mir fast die Schnurrhaare. Aber wahrscheinlich habe ich mich verhört, das kann ja auch niemand ernsthaft von mir verlangen.

»Durch einen brennenden Reifen hüpfen. Da oben«, wiederholt Floyd ungerührt und macht mit seiner Pfote eine Bewegung, als ob er in eine unglaublich hohe Zirkuskuppel deuten würde.

Fast falle ich in Ohnmacht. Ich wusste gar nicht, dass Katzen das können, aber es fühlt sich jedenfalls so an, mir wird nämlich ein bisschen schwarz vor Augen. »Ach … äh … ja …«, stottere ich. »Wenn's weiter nichts ist …«

»Ich wusste, dass wir auf dich zählen können!«, sagt O'Nelly zufrieden. »Und mach dir keine Sorgen, right? Es sieht schwerer aus, als es ist. Du kriegst das schon hin. Wir proben ja auch noch …«

Als ob das sein Stichwort gewesen ist, taucht nun plötzlich dieser komische Zirkusdirektor von vorhin wieder auf, öffnet die Käfigtür, scheucht die Truppe inklusive meiner Wenigkeit in die Manege und brüllt dabei: »Avanti, avanti!«

Ich flitze hinter den anderen her, die sich zielsicher auf ihre Positionen stellen. Und wo genau muss ich jetzt hin? »Da rüber«, zischt Floyd mir zu. »Klappe halten und warten. Du bist als Letzter dran.«

Kurz überlege ich, ob ich jetzt nicht einfach abhauen soll. Schließlich wird dieser verrückte Direktor kaum seine Zirkusvorstellung schmeißen, nur um mir hinterherzurennen. Aber dann siegt die Neugier darauf, was hier gleich passieren wird. Also springe ich auf die Umrandung der Manege und schaue den anderen bei ihren Kunststücken zu. Und ich muss zugeben: Ich bin beeindruckt! Was die alles können! O'Nelly balanciert, ohne mit der Wimper zu zucken, auf einer sehr, sehr schmalen Latte, die Balotelli auf zwei Podeste gelegt hat und die sich unter ihrem Gewicht fast bis zum Boden durchbiegt. Vielleicht sollte die Dame mal über eine Diät nachdenken.

Pat und Patachon rasen durch die Manege, machen Purzelbäume, Rollen und Männchen. Romeo und Julia hocken links und rechts auf den Schultern des Direktors, der immer wieder »Va bene, va bene!« ruft und ihnen knifflige Rechenaufgaben stellt. Und Floyd wirbelt auf dem Trapez durch die Luft, als hätte er Flügel. Wow, tolle Show, denke ich so bei mir. Und man merkt sofort, dass die sechs ein eingespieltes Team sind und wahrscheinlich schon ganz schön lange zusammenarbeiten.

Dann senkt sich plötzlich wie von Zauberhand ein kleines Körbchen an einem Seil von der Decke herab. Und alle schauen mich an. »Eh!«, brüllt Balotelli in meine Richtung. »Worauf du warten? Brauche Signore Bartholomeo eine Extra-Einladung? Avanti!«

Der meint tatsächlich mich! Also springe ich auf, laufe zu dem Körbchen und setze mich hinein. Sofort strafft sich das Seil und der Korb wird nach oben gezogen. Ach du heiliges Katzenklo, das schaukelt aber gewaltig! Und dann mache ich auch noch den Fehler, nach unten zu schauen. Oje, oje, oje, ist das hoch! Mir wird schon wieder schlecht.

Abrupt stoppt das Körbchen und baumelt mit mir hin und her. »Hopp, hopp!«, schreit Balotelli von unten herauf.

Wie *hopp*, *hopp*? Was meint der denn? Soll ich etwa runterspringen? Der hat doch nicht mehr alles Katzengras im Beet!

»Links, guck nach links, da musst du rauf«, flüstert es plötzlich aus dem Nirgendwo. Ich schaue verwirrt nach rechts und entdecke auf einer Zeltstange einen schwarzen Kater, der sich im Schatten zusammenkauert. Der sieht ja genauso aus wie ich!

»Nun mach schon, raus aus dem Korb und rauf da!«, befiehlt mein Zwillingsbruder.

Ich blicke nach links und sehe direkt neben mir eine Art Absatz, der an eine der Stangen montiert ist. Aha, da rauf also! Vorsichtig hüpfe ich aus dem Korb und auf den Absatz. Geschafft – und endlich wieder festen Boden unter den Pfoten, auch wenn dieser Boden denkbar klein ist. War gar nicht so schwer. Aber ich befürchte, dass das noch nicht alles war, und wende mich meinem Artgenossen zu. »Bist du etwa dieser Bartholomäus?«, frage ich neugierig.

»Bingo! Du hast es erraten«, antwortet der.

»Und was machst du hier oben?«

»Erstens verstecke ich mich vor Balotelli und zweitens muss dir ja irgendjemand Beistand leisten.«

»Äh, danke«, murmle ich. »Aber wie bist du hier heraufgekommen?«

»Geklettert natürlich«, sagt mein Gegenüber erstaunt. »Ich bin schließlich eine Katze.«

»Ja, das sehe ich. Aber die anderen haben erzählt, dass du verletzt bist …«

»Stimmt.« Bartholomäus nickt ernst. »Üble Sache, das. Hinterpfote verrenkt. Klettern kann ich noch einigermaßen. Aber springen? Brauch ich gar nicht dran zu denken. Zum Glück bist du zufällig aufgetaucht!«

Als *zufällig aufgetaucht* würde ich mein Erscheinen zwar nicht bezeichnen, immerhin bin ich brutalst verschleppt worden. Aber ich belasse es einfach mal dabei, gerade in Anbetracht meiner momentanen Lage.

»Und warum lässt dieser Balotelli deinen Part nicht einfach ausfallen, bis du wieder gesund bist?«, hake ich nun nach.

»Das geht doch nicht. Ich bin das Highlight der Show, der krönende Abschluss!«, entrüstet sich Bartholomäus. »Es soll Leute geben, die nur meinetwegen in den Zirkus kommen!«

Na, da lehnt sich aber einer weit aus dem Fenster ... Dieser Bartholomäus scheint ein ganz schöner Angeber zu sein, denke ich, murmle aber diplomatisch: »Aha, so ist das also.«

»Genau so ist es«, bekräftigt der Kater. »Aber nun zu dir, mein Freund und Helfer. Du solltest dich langsam mal fokussieren und deine Mitte finden. Gleich kommt der Reifen und Konzentration ist bei meiner Nummer alles.«

Was soll ich machen? Wen soll ich finden? Und wer kommt gleich? Diese Samtpfote redet in Rätseln.

Da ich anscheinend gerade ziemlich doof aus der Wäsche schaue, wiederholt er betont langsam und eindringlich: »Kon-zen-tra-tion. Du weißt schon, was das ist, oder?«

Hält der mich für blöd? Natürlich weiß ich, was das ist.

»Okay«, fährt Bartholomäus fort. »Also, gleich kommt der Reifen von oben. Durch den schaust du hindurch, einfach stur hindurch, zu dem Podest da drüben, verstanden?«

Ich drehe mich um und sehe in etwa zwei Metern Entfernung mir gegenüber genauso einen Absatz wie den, auf dem ich gerade sitze.

»Du achtest nicht auf den Reifen«, erklärt der Kater. »Einfach nur durchgucken, tief ein- und ausatmen, in den Bauch hinein. Gaaaanz ruhig bleiben dabei. Und nicht auf den Reifen achten. Muskeln anspannen. Tief ein- und ausatmen. Und dann springst du. Klaro?«

»Klaro!«, antworte ich, obwohl mir ziemlich wenig klar ist. Was soll denn dieser Unsinn mit dem Atmen? Ich überlege noch, ob ich vorsichtshalber doch noch mal nachfrage, da senkt sich von oben an einem weiteren Seil ein Reifen herab und bleibt ungefähr in der Mitte zwischen den beiden Absätzen hängen.

»Achtung, es geht los!«, zischt Bartholomäus. »Denk an deine Mitte, konzentrier dich!«

Ich gucke stoisch durch den Reifen zu dem anderen Podest. Ist ja gar nicht so weit weg, spreche ich mir in Gedanken Mut zu, das schaffe ich lässig. Gerade spanne ich meine Muskeln an und will zum Sprung ansetzen, da macht es *Klick*, und etwas, das verdammt unangenehm riecht, strömt aus dem Reifen. *Fump!* Der Reifen beginnt zu brennen!

Ach du elende Ölsardine! Das hatte ich schon wieder ganz verdrängt! Das Ding brennt ja. Und zwar nicht nur ein bisschen, für meinen Geschmack sind die Flammen ziemlich groß und die feuerfreie Zone in der Mitte des Reifens ziemlich klein. Da komme ich nie durch, ohne mir mein Fell zu verbrennen! Hilfe! Und wenn ich erst mal Feuer und Flamme bin, dann werde ich jämmerlich abstürzen und unten auf dem Manegenboden, angesengt und mit gebrochenen Knochen, meinen letzten Atemzug aushauchen …

Als könnte er Gedanken lesen, ruft Bartholomäus mir zu: »Ein- und ausatmen, los! Und nicht auf den Reifen achten! Go!«

Also atme ich tief ein und aus, ein und aus, gucke angestrengt auf den anderen Absatz und versuche, die Feuerhölle vor mir zu ignorieren.

Noch mal ein und aus, ein und aus. Und dann springe ich, wie ich noch nie gesprungen bin, und schieße durch die Luft. Leb wohl, du schnöde Welt, denke ich noch, da lande ich schon – zack! – auf dem Podest. Ungläubig schaue ich mich um, der Reifen baumelt immer noch brennend in der Luft. Von unten brüllt Balotelli »Va bene, va bene!« und klatscht in die Hände.

Ich hab's geschafft, ich hab's tatsächlich geschafft! Was bin ich doch für ein Teufelskerl! Wahnsinn! Wenn ich das meiner Odette erzähle, glaubt sie das doch nie!

Erst jetzt merke ich, dass ich am ganzen Körper zittre. Und was riecht hier eigentlich so komisch? Hupsa, ich hab mir wohl ein paar Schwanzhaare abgefackelt ... Doch das stört mich gerade überhaupt nicht, so froh und auch stolz bin ich über meinen Sprung. Wächst ja auch wieder nach.

»Na also, 's geht doch!«, meldet sich nun Bartholomäus von gegenüber. »Gar nicht so schlecht fürs erste Mal.«

Gar nicht so schlecht? Bevor ich diesem eingebildeten Fatzke aber sagen kann, was ich von ihm und seinen unqualifizierten Bemerkungen halte, ist er schon irgendwo im Dunkeln verschwunden – und vor meiner Nase hängt ein neues Körbchen, das mich wohl nach unten bringen soll.

Nachdem der Zirkusdirektor uns in den Käfig zurückgebracht hat, umringen mich meine Artisten-Kollegen und sind voll des Lobes.

»Super!«

»Weltklasse!«

»Als hättest du nie was anderes gemacht!«

»Danke, danke«, wehre ich ab und versuche, möglichst bescheiden auszusehen. »Das Glück ist mit den Anfängern«, füge ich hinzu. »Aber ich glaube schon, dass ich …«

»Du musst dich besser konzentrieren«, fällt mir da jemand ins Wort. Unbemerkt ist Bartholomäus an den Käfig herangeschlichen und baut sich dort majestätisch auf. »Dann verbrennst du dir auch nicht den Schwanz.«

So ein arroganter Rüpel! Was denkt der sich eigentlich? Schließlich habe ich gerade für ihn die Kastanien aus dem Feuer geholt – im wahrsten Sinne des Wortes. »Dann spring doch selber, wenn du alles besser weißt«, fahre ich ihn an.

»Oh boys!«, meckert O'Nelly dazwischen. »Nicht streiten, please. Winston, dein Jump war wirklich top. Unser guter alter Haudegen hier tut sich nur etwas schwer mit Komplimenten.«

Einen Augenblick schauen Bartholomäus und ich uns schweigend an, unsere Schwanzspitzen zucken, und ich sehe jetzt erst, dass er wirklich schon sehr alt ist. Um seine Schnauze herum sprießen jede Menge graue Haare. Erstaunlich, dass der überhaupt noch auftritt!

Bartholomäus räuspert sich umständlich. »Nun ja, äh … Das hast du wirklich sehr gut gemacht, Winston, danke.«

»Keine Ursache, gern geschehen«, entgegne ich versöhnlich.

»Ohne dich wären wir am Ende!«, beteuert er.

»Ach was!«, sage ich. »Ohne mich wäre euch was anderes eingefallen. Wie heißt es so schön: The show must go on …«

»Well, das glaube ich kaum«, meckert O'Nelly düster.

»Ohne dich«, bellt Pat, »würden wir alle im Tierheim landen …«

»… und vielleicht sogar eingeschläfert werden«, knurrt Patachon.

Tierheim? Eingeschläfert werden? Ich glaube, ich höre nicht richtig!

There's no business like showbusiness!

Bevor ich nachhaken kann, welche Gruselgeschichte mir die Kollegen mit so unheilvollen Begriffen wie *Tierheim* und *einschläfern* erzählen wollen, kitzelt auf einmal ein verführerischer Duft mein feines Näschen. Mein armer, leerer Katzenmagen reagiert sofort darauf und gibt einen hungrigen Knurrlaut von sich.

Und da biegt auch schon Signore Balotelli um die Ecke. Er schiebt einen Servierwagen vor sich her, auf dem sich die verschiedensten tierischen Köstlichkeiten stapeln. »Hopp, hopp«, brüllt er mal wieder. »Jetzt fresse, dann Show!«

Er verteilt diverse Näpfe im Käfig und trollt sich wieder. Für Romeo und Julia gibt es Körnerfutter, Floyd bekommt Bananen und irgendeinen zusammengerührten Brei, über dessen Inhaltsstoffe ich mir lieber nicht den Kopf zerbrechen möchte, jedenfalls sieht das ganz schön eklig aus. Für O'Nelly gibt's frisches Gras und Karotten, Pat und Patachon stürzen sich auf die Schüsseln mit Fleischbrocken – und in meine Richtung kickt der Zirkusdirektor einen riesigen Napf mit gebratener Geflügelleber.

Wow! O'Nelly hatte recht: Bis jetzt ist dieser Balotelli ja nicht durch übermäßige Freundlichkeit aufgefallen, aber für das leibliche Wohl seiner gefiederten und befellten Artisten scheint er allerbestens zu sorgen. Erst schnuppere ich vorsichtig an der riesigen Portion. Riecht wirklich lecker! So als hätte Babuschka gekocht. Und dann lange ich ordentlich zu, schließlich habe ich außer einer Handvoll Trockenfutter am Morgen heute noch nichts weiter gegessen und bin schon völlig entkräftet. Mmmh, das schmeckt!

Ein verlegenes Hüsteln unterbricht meinen Fressfluss. Ich schaue auf und sehe Bartholomäus, der mit bittendem Blick an den Käfigstäben entlangstreicht. Stimmt, den gibt's ja auch noch! Und streng genommen ist das ja seine Leber, die ich gerade mit einem behaglichen Schmatzen in mich hineinschlinge. Also will ich mal nicht so sein und schiebe den Napf mit der Schnauze so an das Gitter, dass Bartholomäus bequem mit der Pfote reinlangen kann. Sofort angelt er sich einen Brocken heraus, und in behaglicher Eintracht leeren wir zusammen die Schüssel. Die ist schließlich so voll, dass es glatt für vier Katzen reichen würde.

Nach dem opulenten Mahl lecke ich mein Schnäuzchen und schnurre zufrieden. »Bekommt ihr jeden Tag so köstliche Sachen?«, frage ich Bartholomäus.

»Wer ordentlich arbeitet, soll auch ordentlich essen, meint Signore Balotelli immer«, sagt er.

»Ist wohl doch ganz in Ordnung, euer Chef. Mehr so der Typ *raue Schale, weicher Kern*, oder?«

Bartholomäus seufzt schwer. »Aber auch nur wenn's um das große Fressen geht. Das Einzige, was für ihn zählt, ist die Show. Und damit wir anständig arbeiten, füttert er uns eben anständig. Nahrung für Leistung, verstehst du?«

Ich nicke, obwohl ich es nicht so richtig verstehe. Denn ich bekomme mein Futter schließlich, ohne dass ich irgendetwas dafür tun muss, schon gar nicht irgendwelche Kunststückchen aufführen. Das wär ja auch noch schöner!

»Aber sobald die Leistung sinkt, sinkt auch Balotellis Laune«, fährt Bartholomäus fort.

»Ach du heilige Ölsardine!«, entfährt es mir erschreckt. »Und dann bekommt ihr nichts mehr zu fressen?«

»Schlimmer«, sagt Bartholomäus düster.

»Liebesentzug?«, rate ich weiter. »Werdet ihr dann nicht mehr gestreichelt?«

Der Kater lacht freudlos. »Als ob wir hier gestreichelt werden! Mal ein aufmunternder Klaps, wenn in der Show etwas besonders gut gelaufen ist, und das war's auch schon. Pat und Patachon haben es eben ja schon angedeutet: Wenn wir nicht so funktionieren, wie wir funktionieren sollen, dann werden wir entsorgt.«

Ich schlucke schwer. »Wie meinst du das?«, krächze ich heiser.

Bartholomäus seufzt erneut. »Wenn wir ausfallen, weil wir zum Beispiel krank sind, dann fällt auch die Show aus. Und wenn die Show ausfällt, verdient Balotelli kein Geld. Und wenn er kein Geld verdient, dann kann er uns kein Futter kaufen oder seine zweibeinigen Artisten bezahlen.

Kurz gesagt: Wenn wir nicht arbeiten, haben wir unsere Daseinsberechtigung verwirkt …«

»… und kommen ins Tierheim. Well, wenn wir Glück haben!«, ergänzt O'Nelly, die sich nun zu uns gesellt. Ein Büschel Grashalme hängt noch aus ihrem Maul, auf dem sie nachdenklich herumkaut.

»Aber das ist ja entsetzlich«, maunze ich kläglich.

»That's life!«, entgegnet die Ziege stoisch.

»So läuft es eben«, erklärt auch Floyd, der mit dem Rest der Truppe im Schlepptau zu uns kommt. »Wisst ihr noch? Der gute alte Dickie …«

»Gott hab ihn selig!«, kläfft Pat.

»Wer ist denn Dickie?«, frage ich neugierig.

»Dickie ist, besser gesagt: war ein Hängebauchschwein«, erklärt O'Nelly. »Really ein feiner Kerl, gutmütig und freundlich, etwas träge vielleicht. Aber na ja, bei dem Gewicht …«

»Er war einer von uns«, fährt Bartholomäus fort. »Viele Jahre lang. Doch eines Tages wurde er krank und konnte nicht mehr auftreten. Und eines Morgens war er dann weg, einfach weg. Und wir haben nie wieder etwas von ihm gehört …«

»Verstehst du jetzt, warum es so important für uns ist, dass du einspringst?«, fragt O'Nelly. »Wir haben Angst, dass uns das gleiche Schicksal ereilt wie good old Dickie. Denn wenn Bartholomäus ausfällt, ist die ganze Show für die Katz, you know? Dann geht es uns allen an den Kragen!«

Ich bin wie vom Donner gerührt. Das kann doch nicht

wahr sein! Und das ist ja auch völlig unmenschlich! Meine neuen Freunde werden hier offensichtlich behandelt, als hätten sie keine Seele und keine Gefühle. Wie Material eben, das man wegwirft, wenn es kaputt ist.

»Das ist ja fürchterlich!«, sage ich empört. »Das kann dieser Balotelli doch nicht machen!«

»Er kann«, fiepst Floyd mit vor Schreck geweiteten Augen.

»Jungs!«, rufe ich entschlossen und füge mit einem Seitenblick auf O'Nelly und Julia hinzu: »Und, äh, Mädels! Fürchtet euch nicht, ich bin ja da. Und ich werde euch nicht im Stich lassen. Ich bleibe, solange ihr mich braucht, Ehrensache!«

Floyd haut mir begeistert auf die Schulter, Romeo und Julia flattern aufgeregt mit ihren Flügeln, Pat und Patachon bellen zustimmend und O'Nelly gibt mir einen freundschaftlichen Stups mit ihren Hörnern. Bartholomäus schnurrt zufrieden. »Du bist wirklich ein feiner Kerl, Winston«, meint er anerkennend.

Ja, das finde ich auch. Und schließlich geht es hier irgendwie ums Prinzip. Wenn Menschen Tiere ausbeuten, müssen die zusammenhalten. Gemeinsam sind wir stark!

Und auch wenn ich weiß, dass Kira sich wahrscheinlich schreckliche Sorgen um mich macht, wird mir gerade eines klar: Erpressung hin, Erpressung her – ich kann hier nicht weg, solange meine tierischen Kumpel mich brauchen!

Als könnte er meine Gedanken lesen, maunzt Bartholomäus nun: »Und mach dir keine Sorgen, mein Freund. In ein oder zwei Tagen bin ich wieder fit, und dann bringen wir dich zu deiner Familie.«

»Alright!«, meckert O'Nelly. »And now: It's showtime!«

Während der Raubtierfütterung und unserer anschließenden Diskussion hat sich das Zirkuszelt langsam für die Nachmittagsvorstellung gefüllt. Ich höre aufgeregtes Kinderlachen und Musik, der Duft von Popcorn und gebrannten Mandeln zieht an meiner Nase vorbei. Und auch wenn mein Bäuchlein gut gefüllt ist, wäre ich durchaus noch für einen kleinen Nachtisch zu haben …

Bevor ich die anderen allerdings fragen kann, wie Signore Balotelli eigentlich über das Thema Dessert denkt, hüpft ein kleiner Clown mit riesigen Schuhen herbei, öffnet die Käfigtür und geleitet uns zum Vorhang, hinter dem wir auf unseren Auftritt warten. Der Clown bleibt bei uns, geht in die Hocke und krault mich hinter den Öhrchen.

»Das ist Charlie«, raunt Floyd mir zu. »Er ist wirklich supernett und ganz lieb und bringt uns immer zum Lachen.«

Aha, denke ich, im Zirkus sind also nicht alle so hartherzig wie Signore Balotelli. Das hätte mich auch schwer gewundert und meinen Glauben an die Menschheit nachhaltig erschüttert. Während ich die unerwarteten Streicheleinheiten genieße, rennt ein Artist nach dem anderen an uns vorbei in die Manege. Dazwischen ist immer wieder Balotellis dunkle Stimme zu hören, der die jeweiligen Nummern ankündigt.

Plötzlich ertönt ein Trommelwirbel und dann ein Tusch, Charlie gibt mir einen zärtlichen Klaps und reißt den Vorhang beiseite. Die anderen stürmen los. Wie? Was? Ach du heiliges Katzenklo, sind wir etwa schon dran?

Erschrocken stolpere ich den anderen hinterher und kneife die Augen zusammen, weil mich das Scheinwerferlicht so blendet. Hilfe, ich seh ja gar nichts! Bei der Probe war es nicht so hell.

»Nach links, Winston, nach links!«, zischt mir Pat zu.

Ich taumle nach links und springe etwas unbeholfen auf den Rand der Manege, wo ich versuche, mich ganz, ganz klein zu machen. Während die anderen mit ihren Kunststücken beginnen, schaue ich mich vorsichtig um. Ach du meine Güte, das Zirkuszelt ist ja bis auf den letzten Platz besetzt! Mein kleines Katzenherz fängt an, ziemlich aufgeregt zu schlagen. Das sind mir entschieden zu viele Zuschauer! Und all diese Menschen machen mich ganz schön nervös.

Ich überlege noch, ob es nicht doch irgendeine Möglichkeit für mich gibt, aus dieser Nummer wieder rauszukommen, da erfasst mich ein gleißender Lichtkegel, ein erneuter Trommelwirbel brandet auf, und das Körbchen senkt sich von oben herab bis vor meine Nase. Zu spät!

Mit einem möglichst eleganten Sprung hüpfe ich hinein und spüre förmlich, wie sich Hunderte von Augenpaaren in mein Fell brennen. Mein Herz schlägt nun so schnell, dass ich noch mehr Angst bekomme.

»Cool bleiben, einfach cool bleiben«, höre ich nun Bartholomäus beruhigend maunzen, der schon seine Stellung unter der Zirkuskuppel bezogen hat.

»Mein Herz!«, krächze ich. »Mit meinem Herzen stimmt irgendetwas nicht!«

»Mit deinem Herzen stimmt alles«, flüstert Bartholomäus mir zu. »Du hast nur Lampenfieber. Das ist ganz normal.«

Was habe ich? Lampenfieber? Welche Lampe meint der denn? Etwa den Scheinwerfer? Aber das mit dem Fieber glaube ich ihm sofort, ich fühle mich wirklich ziemlich elend und krank. In diesem Zustand kann ich unmöglich durch den Reifen springen!

»Lampenfieber ist nichts Schlimmes«, erklärt Bartholomäus nun. »Das haben wir alle, das gehört einfach dazu, diese Aufregung vorm Auftritt. Atme tief durch und finde deine Mitte! Konzentrier dich!«

Nun baumelt auch schon der Reifen zwischen den Podesten, erneuter Trommelwirbel, es macht *Zisch* und *Fump*, und das Ding brennt. Unten in der Manege herrscht nun angespannte Stille und alle schauen zu mir herauf.

»Vergiss das Atmen nicht! Und nicht auf die Flammen achten! Los, du kannst das!«, ruft Bartholomäus.

Ich schüttle mich einmal, mache die Augen kurz zu und wieder auf, fixiere das gegenüberliegende Podest – und springe schon zum zweiten Mal an diesem Tag durch einen brennenden Reifen. Geschafft! Und diesmal sogar, ohne mir den Schwanz anzukokeln. In mir steckt eben ein echter Profi.

Das zweite Körbchen fährt mich wieder nach unten, ich sonne mich geradezu im Applaus und dem Jubel des Publikums und stolziere quer durch die Manege. Da packt mich jemand am Kragen und hebt mich auf seinen Arm. Autsch! Frechheit, was soll das denn?

Signore Balotelli presst mich an sich und präsentiert mich mit einem falschen Lächeln den Zuschauern. »Eh!«, raunzt er mir dabei zu. »Was brauche du so lange heute? Iste kein Schachspiel! Mache du schneller, capice?« Und dann verbeugt er sich, dieser Rüpel, und schmeißt mich einfach hinter den Vorhang. Unverschämtheit!

Zum Glück sind die anderen voll des Lobes und fanden meinen Auftritt super. »Das war total stark!«, kläfft Patachon.

»In dir steckt eine echte Rampensau«, meint Floyd.

Sau? Will der mich beleidigen? Ich bin ein Kater, kein einfaches Schwein! Aber außer mir scheint sich niemand über den Ausdruck zu wundern, also beschließe ich, dass das wohl als Kompliment zu verstehen ist.

»A new star is born!«, ruft O'Nelly.

»Kinder, Kinder«, wehre ich verlegen ab. »Ich hab doch nur meinen Job gemacht.« Und das ist ein echter Knochenjob, denke ich so bei mir, denn jetzt merke ich, wie erschöpft ich bin. Und müde! Diese ganze Aufregung hat mich geschafft, ich bin total fertig. Mit letzter Kraft schleppe ich mich in eine Ecke des Käfigs, rolle mich zusammen und schließe mit einem Seufzer die Augen. Eine Mütze voll Schlaf ist jetzt genau das, was ich brauche.

»Ey!« Jemand stupst mich mit seiner Pfote an.

Ich öffne ein Auge und sehe Bartholomäus, der mich erstaunt durch die Gitterstäbe anschaut. »Was machst du da?«, fragt er mich.

»Ein Nickerchen«, antworte ich. »Wir Katzen schlafen schließlich sechzehn Stunden am Tag. Und davon fehlen mir heute noch mindestens fünfzehn!«

»Sorry«, meckert O'Nelly. »Aber daraus wird nichts. Gleich geht's weiter.«

Wie weiter? Ich gucke wohl ziemlich doof aus der Wäsche, denn O'Nelly erklärt nun sehr geduldig: »Well, unser nächster Auftritt ist in zwei Stunden im Luna-Hotel. Balotelli wird uns gleich rüberfahren.«

»Noch ein Auftritt?«, keuche ich.

»Of course, was denkst du denn? Ein Mal ist schließlich kein Mal«, meckert die Ziege. Und dann beginnt dieses Teufelsweib tatsächlich zu tanzen und zu steppen und schmettert dabei: »There's no business like showbusiness …«

Grundgütiger Katzengott! Wo bin ich hier bloß reingeraten?

Kater undercover.

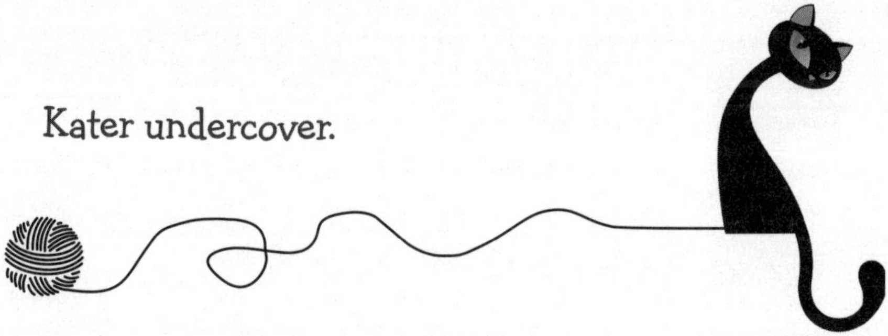

Kurz nach O'Nellys unglaublicher Ankündigung kommt auch schon Signore Balotelli und scheucht uns aus dem Käfig heraus. Auf dem Hof hinter dem Zirkuszelt steht ein kleiner Pritschenwagen, auf dessen Ladefläche wir uns zwängen müssen. Und ich finde mich wieder, eingequetscht zwischen Pat und Patachon, die mir jeweils rechts und links in meine Öhrchen hecheln.

Ehrlich, was zu weit geht, geht zu weit! Für Köter sind diese zwei zwar ziemlich in Ordnung, aber auf Körperkontakt mit den Kläffern kann ich nun wirklich verzichten. Sie riechen streng. Und sie sabbern. Da stehen mir glatt die Haare zu Berge. Ich ducke mich weg.

»Alles okay bei dir?«, bellt Pat mich an.

»Geht gerade so«, fauche ich zurück. »Und nicht so laut, bitte! Ich bin ja nicht taub.«

»Klar, kein Problem«, röhrt Pat, dass mir die Ohren klingeln. Hunde sind halt doch ziemlich einfältige Geschöpfe …

Der Pritschenwagen rumpelt mit uns über das Gelände

des Vergnügungsparks und vor uns taucht das Luna-Hotel auf. Das Auto hält vor dem Haupteingang, Balotelli steigt aus dem Fahrerhaus und verschwindet kurz Richtung Treppenaufgang. Kurz darauf kehrt er mit etwas wieder, das wie ein riesiger Einkaufswagen aussieht. Er verlädt den Papageienkäfig in den Wagen, ebenso mich, das Äffchen und die Hunde. Dann rollt er den Wagen mit uns die Rampe hoch, die neben den Treppen zum Haupteingang hochführt. Nur O'Nelly muss selbst laufen, mit einem »Avanti, avanti« scheucht er die Ziege durch die Hotelhalle auf eine große Flügeltür zu. Als er den Wagen durch selbige schiebt, sind wir direkt im Theater des Hotels gelandet.

Und hier herrscht ein heilloses Durcheinander. Männer in Overalls laufen hektisch kreuz und quer über die Bühne und brüllen sich irgendwelche Anweisungen zu. »Was ist denn hier los?«, frage ich Floyd, der gerade neben mir steht.

»Ach, nichts weiter.« Er winkt ab. »Das ist hier immer so vor der großen Abend-Show.«

Nun kommt auch O'Nelly zu uns. »Come on, Winston«, meint sie. »Ich führe dich mal herum und zeige dir alles.«

»Du musst ein bisschen aufpassen«, sagt Bartholomäus zu mir, der eine halbe Stunde später und ein wenig außer Atem auch im Theater des Luna-Hotels angekommen ist und sich zu uns auf die Bühne geschlichen hat. »Der Abstand zwischen den Podesten ist etwas kürzer. Also bloß nicht zu weit springen!«

»Aha«, murmle ich und starre nach oben. Das sieht wirklich alles ganz anders aus als im Zirkus. Und nicht gerade vertrauenerweckender. Unter der Bühnendecke hängen nämlich jede Menge Kabel und Metallschienen, an denen Scheinwerfer befestigt sind. Ziemlich unübersichtlich, finde ich.

»Okay«, sage ich. »Wird schon irgendwie hinhauen. Wir proben ja bestimmt noch mal.«

»Nope«, meint O'Nelly. »Wir proben nicht mehr. Dafür ist keine Zeit.«

Was? Ach du elende Ölsardine, das ist aber nicht gut, gar nicht gut! »Aha«, maunze ich kläglich.

»No risk, no fun!«, meckert O'Nelly und trottet davon.

Na, diese Hufträgerin hat gut reden. Die darf ja auch schön auf dem Boden bleiben!

»Wie lange ist es denn noch bis zum Auftritt?«, will ich von Bartholomäus wissen.

»Ich schätze, es dauert noch ungefähr eine knappe Stunde, bis es losgeht«, sagt der Kater. »Du solltest dich jetzt etwas ausruhen, damit du nachher fit bist, wenn wir starten. Ich versteck mich solange irgendwo. Aber mach dir keine Sorgen, ich bin rechtzeitig wieder da.«

»Na gut«, seufze ich und trotte hinter die Bühne, wo ein mit Streu ausgelegter Holzverschlag steht, in dem sich meine Kollegen schon versammelt haben.

Ob ich einfach mal kurz die Biege mache und mich auf

die Suche nach Kira begebe? Immerhin bin ich jetzt im Hotel, und es dürfte nicht allzu schwer sein, ihr Zimmer zu finden. Aber wenn ich sie finde, dann lässt sie mich bestimmt nicht wieder gehen. Und leider kann ich ihr ja nicht erklären, dass noch eine Show auf mich wartet. Meistens kann ich ihr Dinge zwar irgendwie verständlich machen. Aber diese Geschichte ist echt kompliziert, und ich kann mich nicht darauf verlassen, dass sie kapiert, was ich meine. Also besser nicht, denke ich und lege mich zu meinen Kumpeln.

Ich muss tatsächlich eingeschlafen sein. Jedenfalls träume ich gerade, dass ich im milden Sonnenschein an der Seite meiner geliebten Odette über eine Wiese voller Schmetterlinge springe, da weckt mich ohrenbetäubende Musik. Wie von der Tarantel gestochen springe ich auf und blicke verwirrt um mich.

»Ruhig Blut!«, meckert O'Nelly. »Wir sind noch nicht dran, relax!«

Durch die Holzlatten unseres Verschlags sehe ich, dass der Vorhang zur Bühne einen winzigen Spalt offen steht. Ich pirsche mich nach vorn und presse ein Auge auf ein Astloch, damit ich besser gucken kann. Auch das Theater ist rappelvoll, es scheint ausverkauft zu sein.

Und da sehe ich sie, gleich in der ersten Reihe! Meine Familie! Werner, der mit Anna Händchen hält, daneben

Babuschka und dann folgen Kira, Pauli und Tom. Oje, und meine Kira sieht wirklich nicht gut aus! Ganz dicke Augen hat sie, so als hätte sie geweint. Und blass ist sie auch. Pauli hat schützend den Arm um sie gelegt und macht keinen wirklich besseren Eindruck. Und auch Tom guckt ziemlich sorgenvoll. Bei diesem Anblick wird mein kleines Katzenherz ganz schwer.

»Hey!«, würde ich jetzt am liebsten losbrüllen. »Mir geht's gut. Alles in Butter! Macht euch keine Sorgen!« Und noch lieber würde ich einfach losspringen, direkt auf Kiras Schoß und ihr einen richtig schön feuchten Katzenkuss auf die Nase geben. Aber geht ja leider nicht, das ist mir natürlich klar.

Beim Anblick meiner Lieben muss mir wohl ein ziemlich trauriges *Miau* entfahren sein, denn O'Nelly stellt sich neben mich. »Winston, was hast du denn? Geht's dir nicht gut?«, fragt sie besorgt.

»Doch, doch«, seufze ich. »Aber guck mal: Da vorne sitzen meine Menschen …«

O'Nelly versucht nun auch, durch das Astloch zu schielen, und weil ihre Hörner dabei im Weg sind, muss sie den Kopf dafür ganz schief legen. Sieht ziemlich komisch aus. »Welche sind es denn?«, will sie wissen.

»Das Mädchen mit dem dunklen Sweatshirt, das so traurig aussieht, und die drei Erwachsenen daneben«, erkläre ich ihr stolz.

»Aha. Well, die machen aber einen ganz netten Eindruck«, meint O'Nelly.

»Ja!«, sage ich aus tiefstem Herzen. »Und das sind sie auch, richtig nett!«

Mitfühlend schaut mich die Ziege an. »Winston, my friend, bestimmt können wir dich schon morgen zu ihnen zurückbringen, alright?«

»Alright!«

Die Zirkusshow im Theater scheint gut anzukommen, das Publikum jedenfalls klatscht sich die Hände wund. Aber durch mein Astloch kann ich sehen, dass sich Kira nicht ganz so gut amüsiert wie die anderen und nicht richtig bei der Sache ist. Immer wieder guckt sie sich suchend um und schaut sogar alle paar Minuten unter die Sitze.

Das gefällt Babuschka natürlich nicht, die ihrer Enkelin mahnend auf die Schulter klopft. Denn nach Babuschkas Meinung müssen Kinder lernen, auch mal still zu sitzen.

Dann ertönt der mir schon bekannte Trommelwirbel. Unser Auftritt! Wir stürmen auf die Bühne, und weil es hier ja keinen Manegenrand gibt, springe ich auf eine mit Samt eingeschlagene Holzkiste, die man für mich bereitgestellt hat. Leider sitze ich so mit dem Rücken zu Kira und muss mich ganz schön verrenken, um einen Blick auf sie zu werfen. Sie hat mich noch nicht bemerkt, stattdessen schaut sie Pat und Patachon zu, wie sie ihre albernen Purzelbäume schlagen.

Auf einmal stößt Pauli ihr ihren Ellenbogen in die Seite

und deutet mit ausgestrecktem Arm ganz aufgeregt auf mich. Und meine Kira wendet tatsächlich den Kopf, sieht mich und reißt ungläubig die Augen auf. Ich zwinkere ihr zu und versuche, ihr in Gedanken eine Botschaft zu schicken. *Huhu, ich bin's tatsächlich! Jaha, du siehst richtig! Und du wirst es wahrscheinlich nicht glauben, aber gleich springt dein Winston durch einen brennenden Reifen!*

Nein, sie glaubt nicht, was sie sieht. Denn jetzt schüttelt sie den Kopf, flüstert Pauli etwas ins Ohr und zuckt dann mit den Schultern. Na ja, ich kann's ihr nicht verdenken, dass sie mich nicht erkennt. Schließlich bin ich zu Hause ein echter Professorenkater und falle eher nicht durch gewagte akrobatische Einlagen auf. Also, außer wenn ich Odette beeindrucken will. Ansonsten ist das Wohnzimmersofa mein natürliches Refugium. Wie soll Kira also darauf kommen, dass ich innerhalb eines Tages nicht nur bei tierischen Artisten gelandet, sondern auch noch einer von ihnen geworden bin?

Trommelwirbel und Tusch – mein Einsatz ist gekommen! Zum Glück sieht das Körbchen, das mich nach oben zieht, haargenau so aus wie das im Zirkus, sodass ich mich einigermaßen sicher fühle. Doch oben, unter der Bühnendecke, ist dann alles ganz anders. Mein Podest ist viel kleiner, ich passe kaum drauf, und der Reifen scheint auch irgendwie geschrumpft. Himmel, wie soll ich denn da durchpassen? Vielleicht hätte ich vorhin nicht so viel essen sollen …

»Atme! Atme!«, raunt es plötzlich von schräg über mir. Bei meinem Kratzbaum, Kollege Bartholomäus lässt mich wirklich nicht im Stich! Er kauert auf einer der Metallschienen und blinzelt mir beruhigend zu. »Und denk an den Abstand!«

Schon entzündet sich der Reifen, ich mache mich mal wieder auf die Suche nach meiner Mitte, konzentriere mich, atme artig und springe. Unglücklicherweise wenige Zentimeter zu weit, sodass meine Vorderpfoten ins Leere greifen und ich nur mit den Hinterbeinen auf dem Podest lande. Für einen winzigen Augenblick schwebe ich quasi in der Luft und kann hören, wie ein erschrockenes Raunen durch die Zuschauerreihen geht.

Dann werfe ich mich mit aller Kraft zurück, fahre meine Krallen aus und schaffe es irgendwie, alle vier Tatzen in den Absatz zu rammen. Uff, das war knapp! Unter mir brandet erleichterter Jubel auf und auch Bartholomäus stößt mit einem lauten »Puh!« die Luft aus.

Auf der Bühne nimmt mich Signore Balotelli in Empfang, und ich rechne schon damit, dass er mich gleich anschnauzt, weil meine Nummer fast in die Hose gegangen wäre. Aber er grinst ganz breit und macht einen ziemlich zufriedenen Eindruck. »Eh!«, flüstert er mir zu. »Ware gute Idee! Ab jetzt mache immer so, mehr Action, molto pericoloso, sähr gefährliche, bene!«

Ach du elender Katzenjammer, da habe ich dem armen Bartholomäus ja was eingebrockt!

Während ich noch überlege, wie ich das meinem Kumpel wohl am besten erkläre, und Balotelli mich mit stolzgeschwellter Brust über die Bühne trägt, bricht im Publikum plötzlich Tumult aus.

»Hilfe!«, ruft eine ältere Dame in der letzten Reihe und springt von ihrem Platz auf. »Meine Handtasche! Ich bin bestohlen worden!«

Alle drehen sich erst zu ihr um und dann zu einer anderen Frau, die auch losschreit: »Oh Gott, mein Handy ist weg! Taschendiebe! So tu doch einer was!«

Als auch noch drei andere Zuschauer bemerken, dass ihnen etwas gestohlen worden ist, und das durch lautes Geschrei kundtun, bricht fast so etwas wie Panik aus. Alle springen auf und laufen kopflos durcheinander. Und auf einmal brüllt ein Mann: »Der war's!«, und zeigt mit dem Finger auf die Bühne, wo sich die ganze Zirkustruppe zum Finale versammelt hat. »Ich hab's genau gesehen! Der Clown war's! Haltet den Dieb!«

Ein paar Kerle springen auf die Bühne und schnappen sich den verdatterten Charlie, der hilflos stammelt: »Ich hab doch gar nichts getan. Bitte lassen Sie mich wieder los! Was soll das denn?«

Die Männer halten ihn aber weiter fest, einer zückt sein Handy und sagt: »Ich rufe jetzt die Polizei. Dann werden wir ja sehen, ob Sie was getan haben oder nicht, Sie gemeiner Dieb!«

Charlie sieht aus, als wolle er gleich in Tränen ausbrechen.

In meinem Katzenhirn fängt es sofort an zu rattern. Irgendetwas stimmt hier nicht! Charlie ist doch bestimmt kein Dieb, der ist doch viel zu nett dafür. Und wie soll denn ein Clown während der Show klauen? Er stand doch schließlich auf und hinter der Bühne. Und er ist zwischendurch nicht durchs Publikum gelaufen. Das hätte ich ja wohl bemerkt – und die Zuschauer auch. So ein Clown ist schließlich ziemlich auffällig mit seiner Perücke und der dicken Gumminase. Den kann man ja gar nicht übersehen.

Außer mir scheint es aber weiter keinem aufzufallen, dass diese Anschuldigung ganz schön unlogisch klingt. Denn alle schauen den Clown sehr böse an. Da bemerke ich, dass Kira, Pauli und Tom ihre Köpfe zusammenstecken und aufgeregt miteinander tuscheln. Immer wieder schauen sie zweifelnd zu dem armen Charlie.

Also bin ich nicht der Einzige, dem hier was spanisch vorkommt! Und an den Gesichtern der Kinder kann ich erkennen, dass sie wild entschlossen sind, dieser Sache auf den Grund zu gehen. Alles andere hätte mich auch gewundert. Schließlich sind die drei Detektive und haben schon so einige mysteriöse Fälle aufgeklärt. Natürlich mit meiner Hilfe, denn ich bin selbstverständlich ihr Partner auf vier Pfoten und ohne meine Spürnase läuft eben gar nichts.

Nachdenklich zucke ich mit meiner Schwanzspitze. Irgendwie muss ich Charlie helfen. Denn ich bin fest davon überzeugt, dass er nicht der Täter ist. Was für ein Riesenglück, dass ich noch in diesem Zirkus feststecke! Denn wo, wenn nicht hier, kann man jetzt am besten ermitteln? Ich werde der Wahrheit schon auf den Grund gehen. Und ich habe die perfekte Tarnung. Mein Entschluss steht fest: Ab sofort bin ich ein Kater undercover!

Ein guter Agent braucht dringend: Assistenten!

»Der arme Charlie!«

»Was wohl jetzt aus ihm wird?«

»Der kann doch keiner Fliege was zuleide tun!«

»Und klauen tut der schon gar nicht!«

»Das kann sich doch nur um einen Irrtum handeln …«

Aufgeregt reden meine Kumpel durcheinander. Nach dem Tohuwabohu im Luna-Hotel und nachdem die Polizei angerückt war und den Clown in Handschellen abgeführt hat, hat man uns zurück in den Zirkus verfrachtet, und nun sitzen wir alle wieder in unserem Käfig beisammen.

»Nicht auszudenken, wenn das wahr ist! Oh my God!«, stöhnt O'Nelly. »Was wird dann nur aus uns?«

»Wieso?«, will ich wissen.

»Well, überleg doch mal«, meckert sie. »No Clown, no show. Und Balotelli wird auf die Schnelle keinen Ersatz für Charlie finden, for sure!«

»Keine Show …«, krächzt Romeo.

»… keine Körner«, ergänzt Julia.

»Und ab ins Tierheim!«, fiepst Floyd traurig.

»Na, na, na«, sage ich beruhigend. »Wir wollen ja nicht gleich mit dem Schlimmsten rechnen. Das wird sich sicher ganz schnell aufklären. Wenn Charlie unschuldig ist, dann wird die Polizei das auch herausfinden.« Auch wenn man ihr manchmal einen kleinen Stups in die richtige Richtung geben muss, denke ich so bei mir.

»Und wenn nicht?«, knurrt Pat ängstlich.

»Wenn nicht …« Ich räuspere mich gewichtig. »… dann habt ihr ja immer noch mich!«

Verblüfft starren mich meine Freunde an. »Dich?«, fragt Bartholomäus, der außen am Käfig nervös hin und her tigert. »Wie meinst du das denn?«

Ich räuspere mich erneut. »Nun ja, es ist so: Ich bin nicht nur ein Kater. Ich bin auch ein Detektiv. Ein ziemlich erfolgreicher sogar, wenn ich das einmal so sagen darf …«

»Ein Detektiv?« Patachon bricht in bellendes Gelächter aus und wälzt sich auf dem Boden.

Ich weiß überhaupt nicht, was diese einfältige Töle daran jetzt lustig findet. Na ja, so sind Hunde halt, eher schlicht im Gemüt.

»Ein Detektiv!«, bekräftige ich. »Zu Hause in Hamburg habe ich mit meinem Team schon etliche Verbrechen aufgeklärt.«

»Mit deinem Team?«, wiederholt Patachon ungläubig.

»Genau«, sage ich. »Zusammen mit meinen Kindern Kira, Pauli und Tom. Und manchmal hilft uns auch Babuschka, aber sie ist mehr so eine Art Assistentin. Im Großen und Ganzen kann man schon sagen, dass ich der Kopf der Truppe bin.« Ich weiß, ich weiß, vielleicht übertreibe ich gerade ein wenig, aber alles in allem, finde ich, haben wir die Lösung unserer Fälle schon irgendwie meiner Spürnase zu verdanken.

Ich kann der tierischen Zirkustruppe an den Nasen- beziehungsweise Schnabelspitzen ansehen, dass sie mir immer noch nicht so recht glauben. Ein klassischer Fall von Perlen-vor-die-Säue-werfen, denke ich und fange an, ein wenig beleidigt zu sein.

»Well, wenn das really stimmt …« Das irische Teufelsweib guckt mich zweifelnd an. »… wie sieht denn dann dein Plan aus?«

Plan? Welcher Plan? Ach du heiliges Katzenklo, ich brauche einen Plan! Vielleicht habe ich mich eben doch etwas zu weit aus dem Fenster gelehnt. Ich hüstele und sage gedehnt: »Also … nun ja … zunächst muss ich mir erst einmal einen Überblick verschaffen und die fünf großen Ws abfragen.«

»Die fünf großen Ws …«, echot Floyd ehrfürchtig.

»Well, aber was sind die fünf großen Ws?«, hakt O'Nelly nach.

»Wer, was, wie, wo, wann!«, kommt es von mir wie aus der Pistole geschossen. »Wer ist beteiligt? Was ist passiert? Wie ist es geschehen? Wo und wann hat es stattgefunden?«

Floyd staunt nun mit offenem Mund, so viel Professionalität hat er mir wohl nicht zugetraut. Aber O'Nelly grätscht schon wieder dazwischen. »Yeah, my friend, das klingt zwar gut. Aber das wissen wir doch schon alles. Charlie ist beteiligt. Es sind Handtaschen und Handys geklaut worden, und zwar in der Abendvorstellung im Luna-Theater. So what?«

Ha, jetzt hab ich die alte Ziege! »Wir wissen eben nicht alles!«, sage ich und richte mich zu meiner vollen Größe auf. »Wir gehen ja alle davon aus, dass Charlie nicht der Dieb ist. Also muss es jemand anders sein. Und wir wissen auch nicht, wie dieser Jemand die Wertsachen gestohlen hat. War das während der Show? Oder schon davor? Oder in der Pause?« Triumphierend schaue ich O'Nelly an.

»But – wie willst du als Kater das herausfinden?«, meckert sie. »Das ist doch völlig unmöglich!«

»Genau!«, kläfft jetzt auch noch Pat. »Völlig unmöglich!«

»Wartet's mal ab«, maunze ich geheimnisvoll. »Mir fällt da schon was ein. Genau, ich hab's! Hört mir zu!«

Kurzerhand ernenne ich erst einmal alle Mitglieder der Truppe zu meinen Assistenten.

»Du meinst, wir sind jetzt deine Hilfssheriffs?«, fragt O'Nelly.

»Ja, so etwas in der Art«, antworte ich. »Wer von euch kennt sich denn hier auf dem Gelände am besten aus?«

Alle Blicke wandern zu Bartholomäus. »Ich«, bestätigt der Kater. »Nach Feierabend stromere ich ganz gern mal durch den Park, um ein paar Mäuse zu fangen.«

»Sehr gut«, sage ich. »Also, du stromerst jetzt los, lässt aber die Pfoten von den Mäusen.«

»Echt?« Bartholomäus guckt ziemlich enttäuscht.

»Echt!«, bestätige ich. »Stattdessen hörst du dich im Park mal ein wenig um, was die Menschen so reden. Vielleicht schnappst du ja irgendwas auf. Und am besten läufst du auch noch mal zum Hotel und schaust dich dort ein wenig um.«

»Wonach?« Bartholomäus starrt mich ratlos an.

»Nach allem, was dir verdächtig vorkommt!«

»Alles klar, Chef!«, meint der Kater, und weg ist er.

»Und für dich, Floyd«, wende ich mich an den Affen, »habe ich auch eine Aufgabe. Du kommst doch sicher problemlos aus diesem Käfig raus oder irre ich mich?«

Sofort springt Floyd behände zur Käfigtür, streckt sein kleines Händchen durch die Gitterstäbe und schiebt geschickt den Riegel zurück. »Null problemo«, sagt er.

»Prima! Du machst jetzt im Grunde das Gleiche wie Bartholomäus, nur hier im Zirkus. Wir müssen wissen, was die Artisten so untereinander reden. Vielleicht hat von denen ja einer einen Verdacht, der uns weiterhilft. Verstanden?«

»Klaro!«, sagt Floyd und verschwindet.

»Well, und was sollen wir tun?«, meckert O'Nelly ungeduldig.

»Wir? Wir halten hier die Stellung«, gebe ich meine Order aus. »Wenn noch mehr von uns verschwinden, ist das zu auffällig. Das ist hier schließlich eine verdeckte Ermittlung.«

Ich kann ihr ansehen, dass sie enttäuscht ist. Aber wenn

jetzt auch noch diese Ziege losläuft, fliegen wir sofort auf. O'Nelly kann man im Gegensatz zu Floyd schließlich kaum übersehen, selbst wenn man beide Augen zudrückt.

Es dauert eine Ewigkeit, bis die beiden zurückkommen. Zuerst taucht Floyd wieder auf und ist völlig aus dem Häuschen, seine Stimme überschlägt sich vor lauter Aufregung. »Ihr werdet's nicht glauben«, fiepst er. »Charlie ist wieder da!«

»Na, dann ist ja alles in Butter, und die ganze Aufregung war umsonst«, brummt Patachon.

»Das glaube ich nicht«, meint das Äffchen. »Die Polizisten haben ihn zurückgebracht und gesagt, dass er den Park nicht verlassen darf, bis diese Sache aufgeklärt ist!«

»Was hat das …«, beginnt Romeo.

»… zu bedeuten?«, vollendet Julia.

Alle schauen mich an. »Nun ja«, erkläre ich, »das bedeutet wahrscheinlich, dass sie Charlie immer noch verdächtigen, ihm aber nichts beweisen können. Und deshalb muss er sich jetzt zu ihrer Verfügung halten, so nennen die das, und darf nirgendwo hingehen.«

»Der arme Charlie!«, jammert Floyd. »Balotelli hat ihn sofort zu sich zitiert und ihn ganz doll ausgeschimpft. Dass er Ärger macht und dass Balotelli aber keinen Ärger gebrauchen kann. Dass die Leute jetzt denken, im Zirkus sind alle Diebe, und dass deshalb keiner mehr zur Show kommt.«

»Und was hat Charlie dazu gesagt?«, will ich wissen.

»Der hat immer wieder gesagt, dass er's nicht war, dass er kein Dieb ist, sondern ganz und gar unschuldig. Und dann hat er sogar geweint.«

Wir schauen uns alle betroffen an. »Und hast du sonst noch was herausgefunden?«, frage ich.

»Nee.« Floyd zuckt bedauernd mit den Schultern. »Die Diebstähle sind natürlich Gesprächsthema Nummer eins unter den Zirkusleuten. Aber alle sind komplett durcheinander, und keiner hat eine Ahnung, was da gelaufen ist. Nur in einem sind sich alle einig: Charlie war's nicht!«

Ich gucke nachdenklich. Floyds Erkundigungen haben uns nicht wirklich weitergebracht, sondern nur in dem bestätigt, was wir sowieso vermuten: Der Clown klaut nicht. Aber, frage ich mich insgeheim, warum glaubt die Polizei Charlie nicht? Denn ein Alibi hat er ja, schließlich ist er aufgetreten. Was wissen die, was wir nicht wissen? Wissen die überhaupt irgendetwas – oder haben die sich nur mangels anderer Verdächtiger auf Charlie eingeschossen?

Ein Miauen unterbricht meine Gedankengänge. Bartholomäus ist auch wieder zurück. Und er hat tatsächlich einige interessante Sachen erfahren. »Stellt euch vor!«, ruft er. »Es ist nicht das erste Mal etwas geklaut worden. Im Park wird über nichts anderes geredet, als dass seit einiger Zeit Taschendiebe unterwegs sind und die Polizei die Verbrecher bis jetzt nicht schnappen konnte! Aber wisst ihr, was das Allerschlimmste ist?« Er macht eine gekonnte dramatische Pause, von dem alten Halunken kann sogar ich noch was lernen, denn wir schauen ihn atemlos an, so gespannt sind wir.

»Die Menschen haben die Zirkusleute im Verdacht«, fährt er fort.

»Warum?«, hake ich nach. »War der Dieb denn immer ein Clown?«

»Nein … ja … also …« Bartholomäus seufzt. »Einige Leute haben einen Clown gesehen, sagen sie. Andere behaupten, dass es ein Akrobat war. Und einer will sogar einen Mann im Kostüm des Zirkusdirektors erkannt haben!«

»Impossible!«, ruft O'Nelly erschüttert.

Auch die anderen reden empört durcheinander. »Hmm, hmm, hmm«, schnurre ich. »Das klingt ja alles ziemlich mysteriös! Irgendetwas stimmt hier nicht, meine Freunde, ganz und gar nicht. Entweder gibt es in eurem Zirkus tatsächlich einen oder mehrere Langfinger …«

Entrüstung und Lärmpegel schwellen bei meiner Bemerkung sofort an. »… oder«, fahre ich unbeirrt fort, »jemand will euren Leuten etwas anhängen, um den Verdacht von sich abzulenken.«

Jetzt starren mich alle ganz baff an. »Ist ja auch 'ne prima Tarnung«, sage ich. »Wenn man sich als Clown verkleidet, erkennt einen ja so schnell niemand!«

»That's absolutely right!«, ruft O'Nelly. »Und, well, ganz schön raffiniert. Auf so etwas können auch nur Menschen kommen.«

»Aber wie finden wir heraus, wer dahintersteckt?«, miaut Bartholomäus verzweifelt.

»Das«, sage ich, »ist eine sehr gute Frage. Ist dir denn noch irgendetwas anderes aufgefallen im Park?«

»Nein, im Park nicht. Und bevor ich ins Hotel schlüpfen konnte, hat mich so ein Rüpel von der Reinigungstruppe doch glatt mit dem Wischmopp verjagt. Konnte gerade noch abhauen, bevor er mich mit dem Ding getroffen hat.«

»Hmm, hmm, hmm«, mache ich wieder. »Wie geht es eigentlich deiner verrenkten Pfote?«

»Och«, sagt Bartholomäus. »Schon wieder ganz gut. Morgen bin ich vielleicht sogar schon wieder einsatzfähig.«

»Sehr gut!«, freue ich mich. Denn jetzt habe ich wirklich einen Plan. Heilige Ölsardine, einen verdammt guten sogar!

Eine Erkundungstour – und zwei Geständnisse!

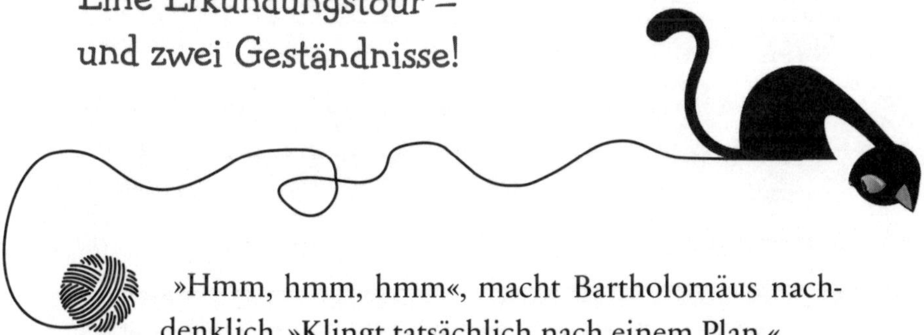

»Hmm, hmm, hmm«, macht Bartholomäus nachdenklich. »Klingt tatsächlich nach einem Plan.«

Ja, was denn sonst? Hat der etwa an mir gezweifelt? »Sag ich doch«, bekräftige ich noch einmal.

Gerade habe ich meinem Zwillings-Kumpel nämlich erklärt, wie wir weiter vorgehen werden. Wir gehen ja alle davon aus, dass Clown Charlie nicht der Dieb ist, sondern jemand, der sich als Clown oder Zirkusartist verkleidet. Und diesen Jemand müssen wir aufstöbern.

Da Bartholomäus das einzige Zirkustier ist, das sich im Luna-Park frei und unauffällig bewegen kann, wird er jetzt als verdeckter Ermittler tätig werden – umherstromern, Informationen sammeln, Indizien sichern. Und da der Park ziemlich groß ist und er sich in Sachen Detektivarbeit nicht wirklich auskennt, werde ich ihn dabei tatkräftig unterstützen, sozusagen als doppeltes Lottchen, äh, doppelter Kater. Natürlich werden wir an verschiedenen Orten unterwegs sein, damit niemandem auffällt, dass ich gar nicht Bartholomäus bin. So weit, so genial!

»Da gibt es nur ein klitzekleines Problem«, unterbricht der schwarze Kater meinen Gedankenfluss. »Du kennst dich doch hier überhaupt nicht aus und verläufst dich sofort. Ich meine, du findest ja noch nicht mal allein den Weg zum Hotel zurück …«

Höre ich da etwa so was wie leichten Spott in seiner Stimme? Frechheit! »Das ist überhaupt gar kein Problem«, sage ich leicht überheblich. »Wir zwei Hübschen werden nämlich heute Nacht um die Häuser beziehungsweise die Büsche und die Fahrgeschäfte ziehen, und du wirst mir den Park zeigen – bis in den letzten Winkel. Und morgen früh legen wir dann los!«

»Gar keine dumme Idee.« Bartholomäus nickt. »So machen wir's!«

Bevor wir aber auf unsere nächtliche Erkundungstour gehen können, haben wir noch zwei Shows vor uns – eine nachmittags im Zirkus und eine abends im Theater. Und auch wenn ich mich mittlerweile wie ein Profi fühle, finde ich, dass die ganze Sache hier in Stress ausartet. Waren nicht eigentlich Ferien? So langsam krieg ich schlechte Laune.

Meine beiden Nummern absolviere ich dann schon mit einer gewissen Routine – ganz anders als Charlie. Der arme Clown ist völlig neben der Spur und verhaut seine Auftritte fast komplett. Aber das Allerschlimmste ist: Im Publikum lacht kaum einer über ihn. Und irgendwie kommt es mir auch so vor, als wären heute längst nicht mehr so viele Zuschauer da wie gestern, ich sehe etliche leere Stühle. Balotellis Laune wird deshalb nicht die beste sein. Wahrscheinlich hat sich die Sache mit den Diebstählen weiter rumgesprochen, und die Leute bleiben weg, weil sie Angst haben, beklaut zu werden. Es wird also höchste Zeit, dass wir etwas herausfinden!

Doch nach dem Theaterauftritt bin ich echt geschafft und würde mich am liebsten auf meinen faulen Pelz hauen. Vielleicht könnte man die Erkundungstour auch auf die frühen Morgenstunden verschieben und vorher noch so ein bis zehn Stunden dösen, überlege ich gerade, da raunt mir Bartholomäus zu: »In zwei Stunden geht's los! Ich hol dich ab!«

»Alles klar! Ich bin bereit«, zische ich zurück. Schließlich stammt der Plan von mir, da kann ich jetzt schlecht einen Rückzieher machen.

Kaum ist es dunkel geworden, tigert mein Kumpel auch schon herbei, Floyd öffnet mir den Käfig und wir huschen los. Vorsichtig stecken Bartholomäus und ich unsere Nasen aus dem Zirkuszelt. Draußen ist es zwar stockdunkel, aber zum Glück können Katzen nachts viel besser sehen als Menschen. Wir warten kurz, bis sich unsere Augen perfekt an die Dunkelheit gewöhnt haben, und checken die

Umgebung. Weit und breit rührt sich nichts und niemand. Also rennen wir los, quer über den Hof, um den die Wohnwagen der Zirkusleute stehen.

Genau in diesem Moment öffnet sich die Tür eines der Wagen und Signore Balotelli stolpert mit einer grünen Flasche in der Hand heraus. Wir flitzen direkt vor seinen Füßen entlang und sprinten ins nächste Gebüsch. Dabei hören wir, wie die Flasche klirrend zu Boden fällt und der Zirkusdirektor aufschreit: »Mamma mia, was isse das?«

Fast zeitgleich drehen wir uns um und beobachten Balotelli, der wie vom Donner gerührt mitten auf dem Hof steht. Jetzt reibt er sich mit beiden Händen seine Augen. »Oh, oh, oh, nix gut!«, ruft er. »Zwei Katze? Isse Fata Morgana? Oder habe gäsähä doppelt? Musse lasse Finger von Vino, Mamma mia!«

Bartholomäus kichert. »Da hat Balotelli jetzt mal was, über das er nachdenken kann«, schnauft er zufrieden und läuft weiter.

Ich sehe zu, dass ich den Anschluss nicht verliere, und hechte hinter ihm her. »Wie meinst du das?«, keuche ich.

»Der alte Griesgram guckt ganz gern mal zu tief in die Flasche«, erklärt mein Kumpel. »Und dann fängt er immer an, ganz fürchterlich falsch zu singen, sodass einem die Ohren wehtun. Oder er jammert rum und wird fürchterlich weinerlich. Ich weiß nicht, was schlimmer ist.«

»Echt? Meine Dosenöffner machen das nicht«, sage ich erstaunt. Denn Werner und Anna trinken manchmal auch dieses Zeug aus den grünen Flaschen. Aber die fangen dann nicht an zu singen und schon gar nicht zu heulen. Die werden eher lustig und kichern rum.

Für weitere philosophische Gedanken bleibt mir aber keine Zeit, weil Bartholomäus ein ganz schönes Tempo vorlegt. Kreuz und quer hechtet er mit mir durch den Park. Und ich verliere schon nach kürzester Zeit komplett die Orientierung! Außerdem finde ich es ganz schön unheimlich hier, so im Dunkeln. Die leeren Fahrgeschäfte ragen schwarz und bedrohlich in den Himmel, in den Büschen knackt, knistert und raschelt es unheilvoll. Echt gruselig!

Ausgerechnet direkt vor der Geisterbahn bleibt mein Kumpel plötzlich stehen. »Wollen wir rein?«, wispert er mir zu.

Da rein? Ist der verrückt geworden? Mir sträuben sich spontan die Rückenhaare.

»Hast du etwa Schiss?«, will Bartholomäus wissen.

»Ich? Natürlich nicht«, behaupte ich.

»Na, dann komm«, meint er. »Macht einen Heidenspaß!«

»Oh nein«, sage ich so würdevoll wie möglich. »Wir sind schließlich nicht zum Spaß hier, wenn ich dich daran erinnern darf. Wir haben eine Aufgabe!«

»Na gut«, seufzt der Kater enttäuscht und trottet weiter.

Uff, noch mal Glück gehabt!

Also stromern wir weiter durch die Nacht. Nach einer ganzen Weile fragt Bartholomäus: »Und? Kennst du dich schon etwas aus?«

»Äh, öh, ja, klar«, stammle ich.

»Na, dann sag mir mal, wo wir gerade sind!«

»Äh, in der Nähe von der Achterbahn?«, rate ich.

Bartholomäus seufzt schon wieder, diesmal noch tiefer. »Völlig falsch. Die ist ganz woanders. So kann ich dich morgen auf keinen Fall alleine loslassen. Komm, lass uns noch eine Runde drehen.«

Wir drehen eine Runde nach der anderen, und irgendwann habe ich das Gefühl, dass ich tatsächlich weiß, wo ich bin. »Wir sind hinterm Hotel«, sage ich triumphierend zu Bartholomäus.

»Stimmt!«, ruft der begeistert. »Super, jetzt hast du's drauf!«

»Jep!«, meine ich stolz. »Und deshalb können wir jetzt auch endlich schlafen gehen.«

Seite an Seite wollen wir uns gerade auf den Heimweg machen, da höre ich hinter ein paar Sträuchern plötzlich jemanden reden, der mir verdammt bekannt vorkommt. Das ist doch … das ist doch … Werner! Was macht der denn um diese Uhrzeit hier draußen?

»Komm mal mit«, flüstere ich Bartholomäus zu und laufe lautlos in die Richtung, aus der die Stimme meines Professors kommt. Und richtig, da sitzt er auch schon, auf einer Bank, und neben ihm sitzt Anna und schmiegt sich an ihn. Er legt einen Arm um sie und mit der anderen Hand fummelt er nervös in seiner Jackentasche herum. Ha, ich glaub, ich weiß, was jetzt gleich kommt!

»Lass uns einen Augenblick lauschen«, raune ich Bartholomäus zu. »Gleich wird's spannend!«

»Wer ist das denn? Und was wird spannend?«

»Das ist Werner, mein Dosenöffner, und Anna, seine Freundin. Pass mal auf, gleich beringt er sie!«

»Er macht was?« Der Kater schaut mich völlig entgeistert an.

»Er beringt sie«, wiederhole ich aufgeregt und kauere mich unter einen Busch.

Bartholomäus guckt, als verstünde er nur Bahnhof, setzt sich aber neben mich.

Werner räuspert sich geräuschvoll und räuspert sich gleich noch einmal. »Meine liebe Anna ...«, beginnt er tragend und bricht wieder ab. Erneutes Räuspern. Er startet einen weiteren Versuch: »Meine geliebte Anna ...«

»Ja, was ist denn?«, murmelt die Angesprochene schläfrig an seiner Schulter.

»Meine geliebte Anna, als du in mein Leben getreten bist, ist zusammen mit dir auch der Sonnenschein eingezogen ...«

Meine Güte, Werner klingt, als hätte er das auswendig gelernt. Auch Anna scheint an seinen salbungsvollen Worten etwas komisch zu finden, denn sie richtet sich jetzt auf und schaut ihren Professor erwartungsvoll an. Werner greift wieder in seine Jackentasche. »Und ein Leben ohne dich, ein Leben ohne Sonnenschein, kann ich mir überhaupt nicht mehr vorstellen ...« Jetzt hüstelt er.

»Ja?«, haucht Anna gespannt.

»Und deshalb wollte ich dich fragen, ob du es dir vielleicht vorstellen könntest ... Nein, falsch ... Also, ich wollte dich fragen, ob du ...«

»Ah!«, dröhnt es in diesem Moment laut und deutlich von links. »Chab ich euch!« Und eine Gestalt, deren Umrisse mir nur allzu bekannt vorkommen, schiebt sich bei diesen Worten durch die Büsche.

»Ach du lieber Katzengott!«, entfährt es Bartholomäus. »Wer um Himmels willen ist das denn?« Ängstlich duckt er sich auf den Boden.

»Keine Sorge«, wispere ich ihm beruhigend zu. »Das ist nur Babuschka, Annas Mutter. Die ist zwar laut, aber vollkommen harmlos.«

»Chab ich gesucht und gesucht!«, ruft Babuschka und lässt sich schnaufend neben Werner auf die Bank fallen. »Was macht ihr? Ist sich längst Zeit fur Schlaf!«

»Wir, äh, haben noch, äh, einen kleinen Abendspaziergang gemacht«, stammelt Werner und lässt die Schultern hängen. »Es ist so schöne Luft draußen …«

»Abend? Ist sich mitten in Nacht!«, stellt Babuschka erstaunt fest. »Wir mussen schlafen. Morgen ist anstrengende Tag. Dawai, dawai!« Sie steht wieder auf, stemmt die Hände in die Hüften und guckt die Ertappten auffordernd an. Anna und Werner schauen ziemlich bedröppelt aus, aber dann trotten sie schweigend und ergeben hinter Babuschka her.

Eine Weile stromern wir noch durch den Park, dann machen wir eine kurze Pause. Bartholomäus starrt vor sich hin, er scheint über etwas nachzudenken.

»Hmm«, macht Bartholomäus schließlich. »Beringt hat dein Werner seine Freundin jetzt aber nicht, oder?«

»Nee, dazu ist er ja nicht gekommen, wegen Babuschka. Aber er war kurz davor.«

»Und was ist das jetzt genau, dieses Beringen?«, fragt Bartholomäus.

»Also, das ist so: Wenn die Menschen sich paaren wollen, dann fragt das Männchen das Weibchen, ob es seine Frau werden will. Und dann schiebt er ihr einen Ring auf den Finger, um sie zu markieren«, erkläre ich Bartholomäus.

»Aha, so machen die das! Ganz schön kompliziert«, meint mein Kumpel.

»Ja, aber bei den Dosenöffnern ist alles immer ganz schön kompliziert, wenn es um so Sachen wie Liebe geht«, sage ich und muss plötzlich an die Katzendame meines Herzens denken. Unwillkürlich entfährt mir dabei ein kleines, sehnsüchtiges *Maunz*.

Als könnte er meine Gedanken lesen, meint Bartholomäus unvermittelt: »Na ja, die Liebe ist ja auch eine fürchterlich komplizierte Angelegenheit, nicht nur bei den Menschen. Wo die hinfällt … Warst du schon einmal verliebt?«

»Ähem … ich … äh …«, ich zögere kurz. Hier mein Innerstes nach außen zu kehren, gefällt mir eigentlich gar nicht. Bartholomäus schaut mich erwartungsvoll an.

»Ja?«, fragt er dann auffordernd nach. Ach, was soll's. Ihm kann ich es doch ruhig erzählen, wenn unser Urlaub hier zu Ende ist, sehen wir uns vermutlich nie wieder.

»Sie heißt Odette und sie ist die schönste und klügste und tollste Katze auf der ganzen Welt!«

»Und liebt sie dich auch?«

»Das weiß ich nicht«, muss ich zugeben. »Ich habe mich noch nie getraut, ihr zu sagen, was ich für sie empfinde. Irgendwie habe ich Angst, dass sie mich dann auslacht.«

»Das Gefühl kenne ich«, seufzt Bartholomäus. »Geht mir ähnlich …«

»Wie? Bist du etwa auch in Odette verliebt? Woher kennst du sie?«, frage ich entgeistert.

»Nein, natürlich nicht!«, ruft Bartholomäus und verdreht die Augen. »Ich rede doch von *meiner* großen Liebe …« Er lässt den Kopf hängen und sieht auf einmal richtig traurig aus. »Wenn ich dir jetzt etwas erzähle, kannst du es dann für dich behalten?«, fragt er mich.

»Klaro«, beteuere ich. »Ich bin ein Eins-a-Geheimnisträger.«

»Ich … ich bin … in Pat verliebt …«

»Bitte? In wen?«, fauche ich und glaube, dass ich mich verhört habe.

»Pssst! Nicht so laut!«, fährt mich Bartholomäus an. »In Pat, diese wunder-, wunderschöne Pudeldame«, wiederholt er flüsternd.

Ich starre ihn erschrocken an und bin zutiefst erschüttert. Ein Kater, der eine Hündin liebt. Auweia! Das ist ja schlimmer als bei Romeo und Julia und völlig aussichtslos!

»Ach du heiliges Katzenklo«, murmle ich. »Du Ärmster …«

Bartholomäus nickt und seufzt sehr, sehr schwer. Gerade

will ich ihn fragen, wie das denn passieren konnte und ob Pat davon weiß, da zwitschert im Baum über uns auf einmal ein vorwitziger Vogel. Und zwar so laut, dass wir beide vor Schreck zusammenfahren. Wieso ist der denn schon wach, mitten in der Nacht?

Wieder vereint mit Kira & Co.

Der Fall ist klar: Langsam beginnt es zu dämmern. Also, nicht mir – ich frage mich immer noch, wie ich in diesem riesigen Park zurechtkommen und gleichzeitig Verbrecher observieren soll. Nein, es ist der neue Morgen, der dämmert. Über kurz oder lang werden zwei herumstromernde schwarze Katzen hier ziemlich auffallen. Wir müssen also langsam wieder zum Zelt zurück.

Vorher allerdings haben wir noch eine sehr wichtige Mission: Reaktivierung meiner Co-Agenten! Sprich: Wir müssen unbedingt noch zu Kira und ihren Freunden ins Hotel und die drei irgendwie mit ins Boot holen. Die Unterstützung durch meine Zirkustruppe und insbesondere Zwillingskumpel Bartholomäus ist zwar ganz nett, aber das Prickeln in meiner Schwanzspitze verrät mir, dass es damit nicht getan sein wird, wenn wir wirklich aufklären wollen, wer hinter den Diebstählen steckt.

Als sich Bartholomäus zum Gehen wendet, maunze ich ihm also hinterher.

»Stopp, Kumpel, wir haben noch einen Auftrag im Hotel.«

Er dreht sich zu mir um und schaut erstaunt.

»Haben wir? Ich dachte, wir ruhen uns noch ein bisschen aus, bevor wir mit unserer Parküberwachung beginnen.«

»Theoretisch eine gute Idee. Aber praktisch müssen wir uns jetzt ganz dringend mit meinen Kindern unterhalten«, erkläre ich ihm.

»Mit deinen Kindern?« Bartholomäus guckt verwirrt. »Ich dachte, mit dieser Odette läuft es noch nicht so in Sachen Liebe. Woher hast du denn dann Kinder? Oder hast du noch eine andere Katze am Wickel? Dann wiederum ist es ja kein Wunder, dass es mit Odette bisher nicht geklappt hat. Eine Katze mit Stolz lässt sich darauf doch nicht ein!«

Unter meinem dichten Fell muss ich grinsen.

»Ich meine doch keine Kätzchen! Sondern meine Menschenkinder: Kira, Tom und Pauli.«

»Ach so!« Bartholomäus setzt sich auf den Po und kratzt sich mit der Tatze hinter den Ohren. »Aber was willst du denn jetzt bei denen? Nachher werden wir im Hotel noch geschnappt und bekommen richtig Ärger.«

»Komm schon, mal nicht so ängstlich! Die Kinder werden uns helfen, die wahren Diebe zu fangen.«

»Wozu brauchen wir die denn? Du hast gesagt, die Kinder sind nur deine Assistenten und der eigentliche Superdetektiv bist du. Und Assistenten hast du doch bei diesem Fall mit uns Tieren schon genug.«

Mist. Das habe ich tatsächlich so behauptet. Aber nun ist es an der Zeit, mit der Wahrheit rauszurücken.

»Eigentlich ist Kira eher meine Co-Agentin als meine Assistentin. Ich weiß nicht, ob ich alle Fälle ohne sie gelöst hätte. Also, jedenfalls nicht so schnell.«

Bartholomäus mustert mich kritisch.

»Willst du mir gerade erzählen, dass du ohne menschliche Hilfe aufgeschmissen bist?«

»Äh, nein, nein, auf keinen Fall! Ich meine nur, dass die Verbrecherjagd mit Menschen meistens schneller geht. Und auf Schnelligkeit kommt es hier doch entscheidend an, oder etwa nicht? Ich meine, der arme Charlie ist in einer ganz schlimmen Situation und braucht nicht irgendwann Hilfe, sondern jetzt!«

Mein Doppelgänger legt den Kopf schief.

»Hm, da hast du natürlich recht. Aber wie wollen wir das deiner Co-Agentin begreiflich machen? Die meisten Menschen sind echt miese Zuhörer, wenn ihnen eine Katze etwas erklärt.«

»Das lass mal meine Sorge sein. Die größte Herausforderung wird sein, sie in diesem riesigen Hotel zu finden.«

»*Das* wiederum lass mal meine Sorge sein – sag mir einfach, wie das Zimmer von innen aussah, dann sage ich dir, in welchem Stockwerk wir suchen müssen.«

Nun bin ich es, der große Augen macht.

»Wie geht das denn? Kannst du irgendwie hellsehen?«

Ein kicherndes Fauchen seinerseits, seine Schnurrhaare wackeln richtig.

»Maunz! Schön wäre es! Aber nein – die Zimmer haben eben verschiedene Themen, also Piraten, Zirkus, Cowboys und so weiter. Und jedes Thema hat ein Stockwerk. Das weiß ich, weil ich schon oft als Geburtstagsüberraschung im Hotel gebucht worden bin. Da bringen die Kellner morgens eine Geburtstagstorte auf das Zimmer. Auf dem Servierwagen stehen dann zwei große Abdeckhauben aus Silber. Unter der einen ist die Torte, unter der anderen hocke ich. Wenn dann das Geburtstagskind die Hauben hochhebt, ist die Überraschung natürlich groß!«

Torte? Glocke? Servierwagen? Meine Güte, wie tief kann man als Kater sinken! Ich bin wirklich sehr froh, dass ich im wahren Leben Professoren- und nicht Zirkuskater bin! Um Bartholomäus nicht zu kränken, tue ich allerdings so, als wäre ich total begeistert von seinem Nebenjob als Geburtstagsüberraschung.

»Unter einer Abdeckhaube! Das ist aber lustig! Super – dann kennst du dich ja wirklich im Hotel aus. Das Zimmer von Kira und ihren Freunden sieht aus wie ein Schiff. Die Betten haben so runde Fenster – Bullaugen hat Kira die genannt. Außerdem gab's einen Mast mit einem Segel im Zimmer und eine schwarze Flagge mit einem Totenkopf darauf. Gruselig sah das aus! Wer dekoriert denn so sein Schlafzimmer?«

»Eine Totenkopfflagge? Bingo!«, ruft Bartholomäus begeistert. »Dann sind deine Freunde im Piratenstockwerk. Das finden wir. Fehlt nur noch die richtige Zimmernummer. War das Zimmer groß oder klein?«

Himmel, was für eine Frage! Wie soll denn ein armer Kater wie ich so etwas wissen? Es ist ziemlich schwierig, die Größe eines Zimmers zu schätzen, wenn man selbst nicht mal einen halben Meter groß ist und die Welt meistens von unten sieht.

»Heilige Ölsardine! Keine Ahnung! Was weiß ich denn von Hotelzimmern?«

»Hey, Kumpel, jetzt reg dich mal nicht auf. Wir werden Kira schon aufstöbern. Weißt du, wie viele Betten in dem Zimmer standen?«

Ich lege den Kopf schief und versuche, mich zu erinnern.

»Hm, warte mal. Ich denke, es waren zwei von diesen komischen Betten, die übereinandergestapelt sind. Also, unten eines und oben eines. Macht schon mal vier Betten für die Kinder und Babuschka. Und dann in einem zweiten Raum ein Doppelbett für Anna und Werner.«

Bartholomäus reißt die Augen auf und seine Schnurrhaare beginnen zu vibrieren.

»Ausgezeichnet, mein Lieber! Dann sind sie in der Familiensuite untergebracht. Davon gibt es nur zwei Stück, und ich weiß genau, wo die liegen. Eine lösbare Aufgabe, sehr gut! Also, auf geht's!«

Er trabt los, ich folge ihm. Ehe ich mir noch Sorgen über die Frage machen kann, wie wir beide es eigentlich unbemerkt in das Hotel schaffen werden, hat mich Bartholomäus schon zu einem unscheinbaren Seiteneingang des Hotelgebäudes geführt.

»Und jetzt schnell, Winston! Auf dieser Seite sind die Lastenaufzüge und das Treppenhaus mit den Notausgängen. Wir müssen in den zweiten Stock – möglichst ohne Zuschauer!«

Er rennt weiter, ich immer hinterher. Die Treppen in den ersten Stock schaffen wir noch unbeobachtet. Im Gegenteil, als wir uns tief geduckt an der Wand entlangschleichen, sind wir es, die etwas Interessantes beobachten: Die junge Frau, die Werner gestern die Zimmerschlüssel gegeben hat, lehnt an der Wand im ersten Stock. Und sie ist nicht allein, sondern ins Gespräch mit einem Mann vertieft. Ach was – die reden gar nicht! Die küssen sich! Im Morgengrauen im Hoteltreppenhaus! Ich will mir die Sache gerade mal aus der Nähe betrachten, als Bartholomäus mich schon anfaucht.

»Winston, was machst du da? Willst du, dass die uns gleich sehen?«

»Nein, aber ich wollte nur mal gucken. Ich …«

»Weiter jetzt! Das ist die Rezeptionistin! Die arbeitet am Empfang und weiß ganz genau, dass es hier im Park eigentlich nur eine schwarze Katze gibt. Wenn die uns sieht, sind wir geliefert. Und genauso der Typ: Der organisiert hier den Einsatz der Putzfrauen und -männer und kennt Hotel und Park wie seine Westentasche. Und uns Tiere natürlich auch. Also, nix wie weg hier!«

Na gut, Bartholomäus wird schon wissen, vor wem wir uns hier in Acht nehmen müssen. Als wir Anlauf in den zweiten Stock nehmen, kommt uns eine ältere Dame entgegen.

»Huch!«, ruft sie erschrocken. »Was ist denn das?« Sie dreht sich in Richtung des Flures, aus dem sie gerade gekommen ist. »Holger, komm schnell! Die Katzen sind los! Schwarze Katzen von links nach rechts und das gleich zweimal! Das bedeutet Unglück!«

Ich bedeute was? Unglück? Frechheit! Ich will schon anhalten und der Dame mal gehörig die Meinung fauchen, da blafft mich Bartholomäus an:

»Mannomann, lauf weiter, Kumpel! Oder willst du hier von einer abergläubischen Oma eingefangen werden? Los, gib Stulle!«

Hektisch stolpere ich ihm hinterher, denn natürlich will ich nicht eingefangen werden. Ich höre noch, wie der herbeigerufene Holger die Dame zu beschwichtigen scheint.

»Aber Oma, beruhig dich doch. Hier ist niemand, schon gar nicht zwei schwarze Katzen. Hast du etwa wieder Eierlikör getrunken?«

Endlich öffnet sich die Tür! Bestimmt eine halbe Stunde haben wir dort gekratzt und miaut, nachdem uns ein fremder Herr vor der anderen infrage kommenden Tür sofort verscheucht hatte. Und endlich guckt ein mir sehr vertrautes Gesicht durch den Spalt! Kira! Vor lauter Erleichterung und Begeisterung weiß ich gar nicht, ob ich zuerst herumspringen, schnurren oder an ihren Beinen entlangstreichen soll. Ich entscheide mich für Letzteres in Kombination mit einem sehr lauten Schnurren. Kira bricht in Tränen aus. Nanu? Freut sie sich etwa gar nicht, mich zu sehen?

»Winston! Endlich! Ich habe mir solche Sorgen um dich gemacht!«

Ach so! Das sind Freudentränen! Sie kniet sich auf den Boden, umschlingt mich mit beiden Armen und drückt mich fest an sich. Bartholomäus reißt erstaunt die Augen auf. Anscheinend ist er so viel menschliche Zuwendung einer Katze gegenüber nicht gewohnt. Nun hat auch Kira Bartholomäus entdeckt.

»Oh, und du hast noch einen Freund mitgebracht. Warte mal, dich kenne ich doch! Du bist doch der Kater aus der Tiershow.«

Bartholomäus maunzt ungnädig. Wahrscheinlich würde er gern klarstellen, dass sie keineswegs ihn, sondern mich gesehen hat und dass er selbstverständlich alle Kunststücke viel eindrucksvoller vorgeführt hätte, wenn er es denn selbst hätte machen können. Aber dieser Sachverhalt ist nun wirklich zu kompliziert, um ihn Kira und den anderen Kindern zu erklären. Ich bin schon froh, wenn es mir jetzt gelingt, den dreien klarzumachen, warum ich nicht einfach wieder kuschelig ins Hotel einziehen und tagsüber in Toms Rucksack Platz nehmen werde, sondern als Undercover-Agent den Park überwachen muss.

Als mich Kira wieder loslässt, renne ich auf Paulis kleine Tragetasche zu, schnappe sie mir mit meinen Vordertatzen und fauche laut. Vielleicht verstehen die Kinder so, dass ich mit ihnen über Handtaschendiebe sprechen will.

Leider verfolgen mich drei sehr verständnislos dreinblickende Augenpaare. Nun kommt schon, meine Pantomime war eins a mit Sternchen! Vor allem Kira ist doch sonst nicht so schwer von Kapee!

»Winston, was willst du denn mit meiner Tasche?«, fragt Pauli. »Da ist garantiert nichts zu futtern drin.«

Heilige Ölsardine, ich habe doch keinen Hunger! Ich schüttle also energisch den Kopf, dann schleife ich die Tasche hinter mir her und verstecke mich mit ihr unter dem Bett, als sei das meine Räuberhöhle. Tom kniet sich neben das Bett und schaut darunter.

»Hey, alles in Ordnung bei dir, Kumpel?«

Ich deute auf die Tasche und fauche laut. Im Hintergrund höre ich Bartholomäus kichern.

»Läuft ja bei dir! Du hast völlig recht – die Verständigung zwischen Menschen und Katzen ist kinderleicht!«

»Warte einfach ab! Ich schaff das schon, verlass dich drauf«, entgegne ich genervt, denn leider weiß ich noch nicht genau, wie mir das gelingen soll. Erst mal krieche ich wieder unter dem Bett hervor und laufe mit der Tasche im Maul zu Kira. Wenn hier einer schnallt, was wir von ihm wollen, dann ist sie es! Ich hocke mich vor sie, lasse die Tasche auf den Boden fallen und deute dann mit der Tatze darauf. Kira legt den Kopf schief und schaut sehr nachdenklich.

»Hm, irgendwas ist mit dieser Tasche, richtig?«

Na ja, nicht wirklich mit dieser Tasche. Eher generell mit Taschen. Mit geklauten Taschen! Ich schlage meinen

Schwanz hin und her und überlege, wie ich Kira begreiflich machen kann, was hier Sache ist. Dass mich Bartholomäus dabei die ganze Zeit beobachtet, macht die Sache nicht gerade besser.

»Ich will ja nichts sagen«, mault er dann, »aber wenn du die Botschaft hier nicht bald rübergebracht hast, dann müssen wir die Biege machen.«

»Wenn du nichts sagen willst, dann sag doch einfach nichts«, fauche ich den blöden Besserwisser an. Aber natürlich liegt er nicht ganz falsch. Draußen ist es mittlerweile schon taghell; wenn wir noch halbwegs unbemerkt zum Zelt zurückwollen, müssen wir uns beeilen. Zu zweit fallen wir einfach zu schnell auf, und dann wird auch Balotelli irgendwann merken, dass er nicht nur einen schwarzen Kater in seinem Team hat. Was dann passiert, will ich gar nicht wissen.

Bevor ich mir aber noch weiter darüber Sorgen machen kann, kommt Kira auf einmal die sensationelle Idee.

»Ich hab's!«, ruft sie plötzlich. »Hat jemand von euch einen Zettel und einen Stift mit?«

Pauli nickt.

»Ja, habe ich tatsächlich. Ich sollte hier nämlich eigentlich noch ein bisschen Mathe lernen. Lustige Idee von meiner Ma!« Sie kichert, dann geht sie zu ihrem Nachttisch und holt einen Block und einen Stift hervor und gibt ihn Kira. Die schlägt den Block auf und legt ihn vor sich auf den Boden.

»So, gleich wissen wir, was Winston von uns will.«

Sie kniet sich hin und beginnt, etwas auf den Block zu schreiben. Ich schaue interessiert über ihre Schulter.

A B C D E F G H I J K L M N O P Q R S T U V W X Y Z

Das ist doch das ABC! Kira hat das vollständige ABC auf den Block geschrieben! Das sehe ich sofort, weil ich nämlich seit unserem unfreiwilligen Körpertausch lesen kann. Jetzt nickt mir Kira aufmunternd zu.

»Komm schon, Winston! Fang an zu buchstabieren. Zeig mir, was du mir sagen willst.«

Heilige Ölsardine! Meine Kira ist einfach ein Weltklasse-Mädchen! Tom und Pauli sind ähnlich begeistert wie ich, schließlich wissen sie von meinen Fähigkeiten. Nur Bartholomäus sieht für einen kurzen Augenblick so aus, als würde er gleich in Ohnmacht fallen. Geschieht ihm recht, dem alten Blödmann!

Von müden Katern und falschen Clowns.

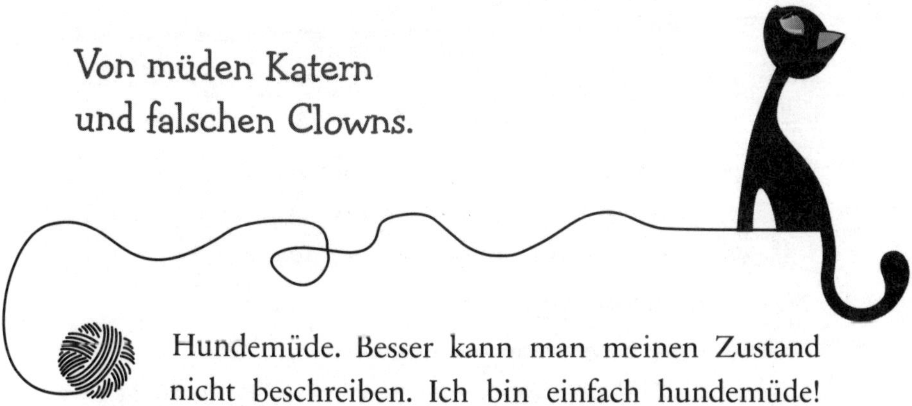

Hundemüde. Besser kann man meinen Zustand nicht beschreiben. Ich bin einfach hundemüde! Normalerweise schlafen Katzen mindestens sechzehn Stunden pro Tag. Ich bin nun aber schon seit ungefähr sechsunddreißig Stunden wach und in einem erbarmungswürdigen Zustand.

Nachdem ich Kira artig buchstabiert hatte, dass ich mit meinen neuen tierischen Kumpeln auf der Jagd nach Taschendieben bin und ihre Hilfe brauche, hat es noch eine ganze Weile gedauert, bis wir das Hotel verlassen konnten. Denn leider haben Kira, Tom und Pauli nicht sofort kapiert, dass ich undercover unterwegs bin und sie mich unbedingt zum Zirkus zurückgehen lassen müssen. Irgendwie habe ich es ihnen dann aber doch verklickert, es hat bloß ordentlich Zeit in Anspruch genommen.

Bartholomäus war mir natürlich keine Hilfe dabei. Der war nämlich in Ehrfurcht erstarrt, weil ich das Alphabet kenne, und hat keinen Maunz mehr von sich gegeben. Egal, hat ja geklappt. Und außerdem haben die Kinder natürlich versprochen, uns tatkräftig zu unterstützen und auch im Park zu ermitteln.

Trotzdem sieht es leider nicht so aus, als käme ich in absehbarer Zeit dazu, mich auf meine Kateröhrchen zu hauen. Denn ich habe einen Auftrag. Ich muss jetzt durch den Park stromern und nach Verdächtigen Ausschau halten. Genau wie Bartholomäus. Und der alte Haudegen ist auch der Grund, warum ich mich zusammenreiße und versuche, mir nichts anmerken zu lassen. Denn erstens will ich mir vor ihm keine Blöße geben. Und zweitens macht er einen ähnlich desolaten Eindruck wie ich, schließlich hat er mit mir zusammen die Nacht durchgemacht.

Auf wackeligen vier Pfoten schleppt er sich gerade zum Zeltausgang und schaut um die Ecke. »Die Luft ist rein! Wir können«, krächzt er.

»Alles klar«, sage ich und beeile mich hinterherzukommen.

»Okay, boys, go for it!«, ruft O'Nelly uns aufmunternd nach.

Die alte Ziege hat gut meckern, denke ich, während ich Bartholomäus hinterherlaufe. Die hat ja auch die ganze Nacht selig gepennt!

Der Weg, der vom Zirkuszelt wegführt, gabelt sich, Bartholomäus und ich zwinkern uns verschwörerisch zu. Dann läuft er nach links und ich nach rechts. Wir haben abgemacht, uns zu Beginn der Indianershow hier unter einem Gebüsch wieder zu treffen. Die Show wird nämlich durch alle Lautsprecher angesagt, und so haben wir auch für Bartholomäus, der keine Uhr lesen kann, eine gute Zeitangabe. Dann können wir uns gegenseitig berichten, ob und was wir herausgefunden haben.

Ich beschließe, erst einmal Richtung Hotel zu trotten. So ganz traue ich meinen neu gewonnenen Ortskenntnissen nämlich noch nicht. Aber den Weg finde ich garantiert hin und zurück. Im Park ist wie immer mächtig was los, fröhlich quietschende Kinder drängeln sich an den Erwachsenen vorbei, um schneller zu den Fahrgeschäften zu kommen.

Ich halte mich deshalb ganz artig am Wegesrand oder laufe unter den Büschen durch, damit mir nur ja niemand auf meinen empfindlichen Schwanz tritt. »Hast du auch schon davon gehört, von diesen ganzen Diebstählen?«, schnappe ich da plötzlich ein paar Wortfetzen auf.

Ich entdecke zwei Frauen, die auf einer Parkbank sitzen und sich unterhalten. »Ja, eine wirklich schreckliche Sache«, sagt eine der beiden nun.

Das klingt interessant! Schnell schleiche ich mich an die beiden heran und ducke mich hinter die Bank, um besser hören zu können. Doch jetzt holt die andere eine Brötchentüte heraus, mit der sie ganz fürchterlich raschelt. Ich verstehe kein Wort mehr. Also mache ich einen auf artige Miezekatze, streiche um die Beine der Frauen herum und beginne zu schnurren.

»Ach, guck mal!«, ruft die erste begeistert. »Was ist das denn für ein süßer Frechdachs?«

Frechdachs? Habe ich etwa einen weißen Streifen auf

dem Kopf? Oder einen doch eher unförmigen Körperbau? Die Dame hat wohl nur unzureichende Kenntnisse über die heimische Tierwelt. Nichtsdestotrotz fängt sie an, meinen Kopf zu tätscheln und mich zwischen den Öhrchen zu kraulen. Herrlich!

Doch leider machen mich diese Streicheleinheiten noch müder, als ich sowieso schon bin, und ich merke gerade noch, wie mein Kopf schläfrig auf die Brust sinkt. Achtung, Winston! Nicht einpennen, stauche ich mich innerlich selbst zusammen.

»Heutzutage ist man nirgendwo mehr sicher vor Verbrechen!«, fährt die zweite Frau nun fort. »Noch nicht einmal in einem Vergnügungspark …«

»Sie haben ja so recht, meine Liebe! In was für einer Welt leben wir nur … Da kann man nur hoffen, dass die Polizei diesen Gangstern schnell auf die Schliche kommt.«

Betrübt nicken die zwei sich nun zu. Wirklich informativ ist ihre Unterhaltung leider nicht, sie scheinen nicht allzu viel zu wissen über die Vorgänge im Luna-Park. Also trolle ich mich und setze meinen Weg fort. Überall, wo ein paar Menschen zusammenstehen, schnappe ich ähnliche Gespräche auf. Die Taschendiebstähle sind wirklich Thema Nummer eins. Und jeder will etwas gesehen oder gehört haben – Konkretes oder mehr als ich weiß aber keiner.

Als mein Bauchgefühl mir sagt, dass ich langsam mal zum Zirkus zurückkehren sollte, um mich mit meinem Kumpel auszutauschen, beschließe ich, vorher ein klitzekleines Päuschen zu machen. Die Strecke, die ich schon zurückgelegt habe, ist ganz schön weit. Nicht dass ich vor Entkräftung zusammenbreche! Also strecke ich unter einem Strauch wohlig alle viere von mir, die Sonne kitzelt meinen Bauch, und dann, ja dann schlafe ich einfach ein …

Ohrenbetäubendes Gebrüll weckt mich. Ich fahre hoch und sehe, dass eine Mutter ihr Kleinkind an meinem Strauch vorbeizieht. Und das wehrt sich vehement dagegen. Für einen Augenblick weiß ich gar nicht, wo ich bin, und gucke mich verwirrt um. Dann fällt es mir wieder ein. Ach du heiliges Katzenklo, Bartholomäus wartet doch auf mich! Ob ich wohl lange geschlafen habe?

Mit einem ziemlich unguten Gefühl strecke ich mich einmal kurz und gebe dann ordentlich Gas. In Rekordzeit flitze ich den Weg zum Zirkus zurück. Zuerst finde ich meinen Zwilling nicht, aber dann höre ich ein leises Schnarchen aus dem Gebüsch, dem ich vorsichtig folge. Und da liegt er, fest zusammengerollt, und pennt!

Ich muss ihn ein paarmal mit der Nase anstupsen, bis er endlich wach ist. Erschreckt springt er auf seine Pfoten. »Wo? Wer? Wie? Was?«, maunzt er los.

»Guten Morgen«, sage ich ironisch. »Hat der Herr jetzt endlich ausgeschlafen?«

Verlegen räuspert Bartholomäus sich und geht sofort zum Gegenangriff über. »Ich habe ewig auf dich gewartet«, schimpft er. »Und dabei muss ich wohl ein wenig geschlummert haben. Was soll man sonst auch machen, unter diesem blöden Busch! Wo steckst du bloß die ganze Zeit?«

»Äh, ich … äh … wurde aufgehalten«, stammle ich und lenke lieber ab. »Und? Hast du irgendetwas herausgefunden?«

Bartholomäus verneint. Auch er hat nur ein paar Menschen belauscht, die zwar über die Diebstähle geredet, aber nichts weiter Erhellendes gewusst haben. »Na dann«, ächzt er resigniert, als auch ich mit meinem Bericht fertig bin. »Auf ein Neues! Vielleicht sollten wir jetzt die Fahrgeschäfte abklappern. Da stehen die Menschen schließlich ganz schön dicht zusammen. Ich könnte mir vorstellen, dass der Dieb am ehesten im Gedränge zuschlägt.«

Keine dumme Idee! Also brechen wir erneut auf, Bartholomäus will zur Geisterbahn und ich mir die Achterbahn vornehmen. Auf dem Weg dorthin muss ich mehrmals herzhaft gähnen, mittlerweile tun mir auch alle Knochen weh. Schlafentzug ist wirklich die reinste Folter! Vor der Achterbahn beziehe ich Position unter einer Bank, von der aus ich die lange Schlange, die dort ansteht, gut im Blick habe. Angestrengt starre ich auf die Menschen, in der Hoffnung, irgendetwas zu entdecken. Und dabei fallen mir immer wieder die Augen zu.

Aber plötzlich bin ich wie elektrisiert und auf einen Schlag hellwach. Ein Clown bahnt sich nämlich seinen Weg durch die Menge, mit riesiger Perücke auf dem Kopf, der obligatorischen Gumminase im Gesicht und bis zur Unkenntlichkeit in allen möglichen Schattierungen geschminkt. Trotzdem sehe ich sofort, dass es nicht der gute Charlie ist. Dieser Clown ist nämlich ein ganzes Stück größer und viel, viel dünner!

Ich springe auf und laufe hektisch durch die ganzen Menschenbeine. Wo ist er denn jetzt? Kurz habe ich Angst, dass ich ihn schon wieder verloren habe. Aber da taucht er zum Glück direkt vor mir auf. Und dann sehe ich, wie er sich ziemlich plump an eine Frau herandrängt und dabei versucht, in ihre Tasche zu greifen! Dabei stolpert er jedoch und fällt fast auf seine Knubbelnase. Die Frau schaut sich erstaunt um. »'tschuldigung«, murmelt der Clown und hastet weiter.

Du entkommst mir nicht! Schnell laufe ich ihm hinterher und überlege dabei fieberhaft, was ich nur tun könnte, um ihn aufzuhalten – oder um die anderen Besucher auf den Ganoven aufmerksam zu machen. »Haltet den Dieb!« kann ich ja schlecht schreien. Und bellen wie ein Hund kann ich auch nicht. Aber ich habe Krallen. Und ich kann richtig weit springen, immerhin bin ich niemand Geringeres als »The flying cat«!

Als der Typ um eine Ecke biegt, verdopple ich mein Tempo, schieße um die Kurve und setze zum Sprung meines Lebens an. Ich fliege durch die Luft – und haargenau an dem Clown vorbei. Hupsa, das war wohl ein Stück zu weit … Zum Glück hat das außer mir und dem Clown, der mich ziemlich verdattert anguckt, keiner gesehen.

Weil mir nichts Besseres einfällt, stelle ich mich ihm nun in den Weg und fauche laut und möglichst Furcht einflößend. Der Clown weicht tatsächlich erst ein paar Schritte zurück, dann kommt er aber auf mich zu und tritt nach mir!

Na warte, jetzt wirst du mich aber mal kennenlernen! Niemand tritt Winston Churchill ungestraft mit Füßen! Geschickt weiche ich seinen überdimensionierten Latschen aus, springe erneut und diesmal zielgerichteter und fahre mit meinen Krallen einmal quer durch sein Gesicht.

»Autsch!«, schreit der Clown. »Was zum Teufel …« Er fährt mit den Fingern über seine Wange und guckt dann verblüfft auf seine blutige Hand.

Ha! Da hat jemand seinen Meister gefunden! Ich lege die Ohren an, peitsche mit dem Schwanz über den Sandweg und ducke mich erneut zum Sprung. Doch bevor ich ihn wieder angreifen kann, erwischt es mich. Der Clown holt schwungvoll mit dem rechten Fuß aus und trifft mich genau in die Rippen. Wie ein Fußball kullere und rolle ich unters nächste Gestrüpp. Und dann wird mir plötzlich schwarz vor Augen …

Ein gutes Gespräch zwischen Kind und Katz.

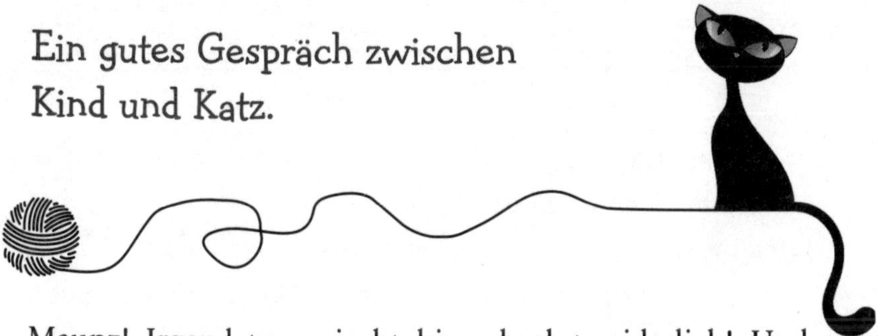

Maunz! Irgendetwas riecht hier absolut widerlich! Und nass ist es auch! Und kratzig! Genau – ein stinkendes, kratziges, nasses Etwas befindet sich genau auf meiner Nase, igitt! Ich öffne die Augen und blicke auf die riesige Schnauze von Patachon! Heilige Ölsardine, das muss ein Albtraum sein! Also schüttle ich mich, um endlich aufzuwachen, aber leider verschwindet Patachons Bild davon nicht. Im Gegenteil, nun fängt das stinkende Viech auch noch an zu bellen!

Langsam wird mir klar: Das ist leider kein Albtraum! Vor mir hockt Patachon und schlabbert mir mit seiner Zunge durchs Gesicht! Ach du liebes Katzenklo, ist das eklig!

Ich rapple mich hoch und mache einen Satz zurück.

»Patachon, hör sofort auf damit! Sofort! Was fällt dir eigentlich ein?«, schimpfe ich los.

»Hey, Kumpel, entspann dich mal«, erwidert Patachon und klingt dabei leicht beleidigt. »Ich wollte doch nur sehen, ob es dir gut geht. Du liegst hier regungslos im Gebüsch, da habe ich mir natürlich gleich Sorgen gemacht.«

Nun kommt eine Hand ins Bild und streichelt Patachon über den Kopf. Es ist eine Hand, die ich nur zu gut kenne, denn sie gehört zu Kira.

»Brav, mein Hundchen. Das hast du gut gemacht!«, lobt sie ihn. Ich fasse es nicht! Was ist denn daran gut, wenn ein Hund einen Kater abschleckt?

Kira kniet sich hin und redet mit mir.

»Gut, dass Patachon dich gefunden hat, Winston! Dich kann man in diesem Park anscheinend keine fünf Minuten alleine lassen, ohne dass du gleich in Schwierigkeiten steckst.«

Warum, bei meinem Kratzbaum, ist Kira denn zusammen mit diesem grässlichen Patachon unterwegs? Ich muss sie in diesem Moment offenbar völlig fassungslos anstarren, denn Kira setzt zu einer Erklärung an.

»Keine Sorge, Winston, ich steige nicht von Katze auf Hund um. Aber Tom, Pauli und ich haben überlegt, wie wir am besten nach den wahren Taschendieben suchen können. Schließlich wissen wir doch gar nicht so genau, wer wirklich Artist im Zirkus ist und wer nur so tut, um hier im Park die Leute besser beklauen zu können. Dann sind wir auf die Idee gekommen, Direktor Balotelli zu fragen, ob wir mit den Hunden spazieren gehen dürften. So als kleine Abwechslung für die Tiere zum Showgeschäft.«

Aha. Und wo ist da der tolle Plan? Der blöde Patachon kann Kira im Zweifel doch nicht erzählen, wenn er irgendetwas Interessantes entdeckt. Stattdessen verbringt er mit ihr Zeit, die eigentlich MIR zusteht. Mir, Winston Churchill, ihrem absoluten Oberlieblingshaustier! Ich schnaufe empört und drehe Kira meinen Po zu. Soll sie doch sehen, wie sie mit dem blöden Köter glücklich wird, miau!

»Nun sei doch nicht gleich eingeschnappt und hör mir mal in Ruhe zu. Ich habe dir den Plan noch gar nicht richtig erklärt. Der Spaziergang mit Patachon ist nur eine Tarnung. In Wirklichkeit wollen wir gezielt zu allen Menschen gehen, die als Zirkusartisten oder -clowns verkleidet sind. Wenn sie Patachon erkennen und ihn ansprechen, sind sie okay. Wenn nicht, gucken wir mal genauer hin und sprechen sie von uns aus an. Und dann sehen wir bestimmt schnell, ob mit ihnen etwas nicht stimmt.«

Maunz. Ich muss zugeben, dass der Plan gar nicht mal so schlecht klingt. Nur dass er mit Patachon einen Hund beinhaltet, stört mich kolossal! Hätte sich Kira nicht den Papagei oder die Ziege ausleihen können? Warum sollen die nicht auch mal ein bisschen spazieren gehen?

»Aber mal eine andere Frage: Was ist dir denn passiert, Winston? Warum liegst du hier im Gebüsch? Hast du nur ein Nickerchen gemacht oder bist du irgendwie krank?«, fragt Kira besorgt.

Ich überlege kurz. Dann deute ich mit einer Tatze in Richtung Zirkuszelt, laufe zu Patachon – und haue ihm mit einer Tatze auf die Schnauze. Der springt jaulend zurück.

»Ey, sag mal, spinnst du?«, bellt er mich an.

»Nimm es nicht persönlich, Patachon. Ich versuche, Kira

nur zu erklären, dass ich hier im Gebüsch liege, weil ich einen unerfreulichen Zusammenprall mit einem der Gangster hatte. Er war als Clown verkleidet, und bevor er mich ohnmächtig gehauen hat, habe ich ihm einen kräftigen Kratzer im Gesicht verpasst.«

Ich hole aus und haue Patachon noch mal auf die Schnauze. Wenn ich ehrlich bin, macht das ein bisschen Spaß.

»Winston, du böser Kater!«, ruft Kira jetzt, packt mich von oben und schüttelt mich unsanft. »Du kannst doch nicht einfach den armen Hund verhauen.«

Fauchend winde ich mich aus ihrem Griff und zeige wieder in Richtung Zirkus. Dann springe ich auf und ab und versuche, an die Tasche zu kommen, die sich Kira über die Schulter gehängt hat.

»Hm, das letzte Mal, dass du so ein Theater um eine Tasche gemacht hast, wolltest du mir heute früh die Geschichte mit den Taschendieben erzählen«, überlegt Kira laut. »Dann willst du jetzt wahrscheinlich gar nicht den armen Patachon ärgern, sondern mir etwas Wichtiges sagen?«

Ähem … genau! Dass ich damit gleichzeitig *auch* Patachon ärgern kann, finde ich zwar ganz wunderbar, aber das tut hier natürlich überhaupt nichts zur Sache. Ich springe wieder an der Handtasche hoch und schnurre laut. Dann deute ich noch mal in Richtung Zirkuszelt.

»Okay, Handtasche und Zirkus. Und du hast jemanden gehauen. Du hast den Dieb gehauen?«

Ich schnurre zur Bestätigung.

»Du hast den Dieb gehauen, der aus dem Zirkus kam?«

Kopfschütteln.

»Gut, er kam nicht aus dem Zirkus, aber …«, Kira überlegt, »er hatte ein Zirkuskostüm an.«

Schnurrschnurr! Kira lacht.

»Wunderbar, mein Katerlein, wir verstehen uns eben auch ohne Worte. Ein Zirkuskostüm, soso. War er wieder ein Clown?«

Hundert Punkte, Kira! Ich schnurre, so laut ich kann, dann hebe ich meine Tatze, zeige sie Kira, fahre die Krallen aus und mache eine wischende Bewegung, bei der ich wieder auf Patachons Schnauze ziele. Diesmal natürlich, ohne ihn wirklich zu hauen. Nun fällt der Groschen endgültig bei Kira.

»Super, Winston! Du hast also den Dieb markiert! Wir suchen nach jemandem, der einen bösen Kratzer im Gesicht hat, richtig?«

Maunz! Hipp, hipp, hurra! Kira und ich sind einfach ein perfektes Team! Ich mache vor Freude noch drei Luftsprünge, Kira kramt in der Zeit nach ihrem Handy. Als sie es findet, ruft sie Tom an.

»Hallo, Tom! Ich glaube, jetzt sind wir einen großen Schritt weiter! Winston hat einen der Diebe im Gesicht gekratzt. Also müssten wir den jetzt auch erkennen, wenn er kein Kostüm mehr anhat. Haltet nach einem Mann mit Kratzer im Gesicht Ausschau!«

Tom scheint etwas zu erwidern, jedenfalls sagt Kira

nichts mehr, sondern hört zu und legt schließlich ihre Stirn in Falten.

»Ja, klar, ich weiß, dass hier ein paar Tausend Menschen im Park sind. Aber vielleicht fällt er uns ja durch Zufall auf. Haltet einfach die Augen offen, o.k.? Das Gleiche mache ich auch.«

Als sie aufgelegt hat, guckt sie auf ihre Uhr.

»So langsam muss ich dich auch mal wieder zurückbringen, Patachon. Willst du vielleicht mitkommen, Winston?«

Ich überlege kurz. Wenn ich mit zum Zirkus komme, könnte ich vielleicht noch ein Nickerchen machen, bevor die nächste Show beginnt. Ich bin mir nicht sicher, ob Bartholomäus wirklich schon wieder einsatzbereit ist. Und einen Fahndungserfolg hatte ich heute Morgen schließlich schon, da steht mir eine Mütze Schlaf doch wohl zu! Also trotte ich hinterher, als Kira und Patachon wieder Richtung Zirkus loszuckeln.

Kaum sind wir ein paar Meter gelaufen, kommt uns allerdings Babuschka entgegengelaufen und winkt uns aufgeregt zu. Als sie vor uns steht, sieht sie völlig aufgelöst aus. Diese Frau, die ich sonst nur äußerst bestimmt kenne, hat offenbar völlig die Fassung verloren.

»Kira, dawai, dawai!«

Aha, Kira soll schnell kommen. Für diese Nachricht reicht mein Russischverständnis spielend.

»Wieso, was ist denn, Babuschka?«, will Kira von ihr wissen.

»Ist passiert Furchtbares mit Herr Professor!«, ruft Babuschka und schluchzt dabei fast. Mir stellen sich sofort die Haare von der Schwanzspitze bis zu den Ohren auf: Es ist etwas Furchtbares mit Werner passiert? Mit meinem Werner? Aus dem Weg, ich muss sofort zu ihm!

Werner braucht Hilfe!

Im Hotel angekommen, erwartet uns eine völlig aufgelöste Anna. Und nicht nur das – neben ihr stehen zwei Menschen, die ich anhand ihrer Uniformen unschwer als Polizeibeamte erkenne. Mit dieser Sorte Zweibeiner hatte ich bei meinen letzten Fällen schließlich schon Kontakt.

»Kira, gut, dass Babuschka dich gleich gefunden hat!«, ruft Anna. »Werner ist auf dem Weg ins Krankenhaus! Gerade eben hat ihn der Krankenwagen abgeholt.«

Dann sieht sie mich.

»Was macht denn Winston hier? Habt ihr den etwa gar nicht in die Pension gebracht, sondern heimlich mitgenommen?«

Okay, erfreut klingt das nicht, und ich merke, wie ich unter Annas strengem Blick gleich um mindestens zwei Zentimeter schrumpfe.

»Äh, nein, nein …«, stottert Kira los, »das ist nicht Winston. Das ist Bartholomäus. Der Kater aus der Zirkus-Show. Ich weiß auch nicht genau, warum er mir hinterherläuft.

Wahrscheinlich ist er mit dem Zirkus-Hund befreundet, den ich gerade ein bisschen spazieren führe. Tom und Pauli sind mit dem anderen Hund unterwegs, da wollte der Kater wahrscheinlich nicht allein im Zirkus bleiben.«

Bei meinem Kratzbaum, eine tolle Ausrede! Wie zur Bestätigung schnurre ich und reibe mich fast zärtlich an Patachon. Das kostet mich zwar einiges an Überwindung, aber was tut man nicht alles als guter Geheimagent. Patachon ist so viel Zuneigungsbekundung durch mich allerdings auch suspekt. Er zuckt zusammen. Hat wahrscheinlich Angst, dass ich ihm noch eine klebe, das Weichei!

»Na gut, dann bring die beiden bitte wieder zurück, wir müssen schnell zu Werner ins Krankenhaus fahren.« Ich meine, in ihrer Stimme ein Zittern zu hören!

»Aber was ist denn überhaupt passiert, Mama?«

Genau! Was ist überhaupt passiert? Und was heißt hier – *zurück in den Zirkus bringen*? Ich will natürlich mit ins Krankenhaus!

Anna seufzt.

»Also, es war so: Werner und ich waren auf der Suche nach einem Zuckerwattestand. Ich liebe Zuckerwatte!«

Das glaube ich sofort! Erstens fand ich die auch sehr lecker und zweitens isst Anna sehr gern Süßigkeiten.

»Okay, ihr wolltet Zuckerwatte kaufen. Und deswegen muss Werner jetzt ins Krankenhaus? Hat er etwa einen Zuckerschock erlitten?«, fragt Kira.

Anna schüttelt den Kopf.

»Nein, Quatsch! Wir standen in der Schlange am Süßigkeitenstand, als eine kleine Artistengruppe kam und die Wartenden mit Kunststückchen unterhielt. Ein Clown hat jongliert und mit einer als Schlange verkleideten Frau konnte man sich fotografieren lassen. Ich habe dem Clown zugeguckt. Dann habe ich einen sanften Stups an meinem Oberarm bemerkt. Als ich mich umgedreht habe, hat die Schlangenfrau von der anderen Seite nach meiner Handtasche gegriffen. Ich habe das zuerst gar nicht bemerkt, aber Werner hat es gesehen. Der hat die Schlangenfrau dann festhalten wollen.«

Ja, mein Werner ist eben ein Held! Nichts anderes hätte ich von ihm erwartet. Und umgekehrt wäre ich natürlich auch sofort eingeschritten, wenn sich irgendjemand an Odette herangemacht hätte. Was ich allerdings immer noch nicht verstehe, ist, warum Werner nun im Krankenhaus liegt. Ob die Schlange ihn gebissen hat? Kira macht sich ähnliche Gedanken.

»Mensch, Mama, aber was ist dann passiert? Bisher klingt es ja noch nicht so gefährlich.«

Anna schüttelt heftig den Kopf.

»Na, plötzlich hat sich der Clown auf Werner gestürzt und ihn weggeschubst. Beziehungsweise er hat versucht, Werner wegzuschubsen, aber der hat sich nicht die Butter vom Brot nehmen lassen und gegengehalten. Leider waren die anderen ja zu zweit – der Clown hat Werner dann ins Gesicht geschlagen, und die Schlangenfrau hat weiter an meiner Tasche gezogen. Ob du es glaubst oder nicht – von den Umstehenden hat uns keiner geholfen. Die haben nur blöd geguckt. Ich habe mich also mit der Schlangenfrau herumgeschlagen und Werner mit dem Clown. Und plötzlich«, Anna macht eine kurze Pause, und ich bilde mir ein, dass es in ihren Augenwinkeln verdächtig glitzert, »plötzlich ist Werner über die Gehwegeinfassung gestolpert und lang hingeschlagen. Er ist richtig mit dem Hinterkopf auf die Erde geknallt. Ich habe sofort meine Tasche losgelassen und mich neben ihn gekniet. Die Leute um uns herum haben geschrien und die beiden Räuber sind in dem ganzen Chaos abgehauen. Und Werner war bewusstlos.«

Sie atmet tief durch, Kira schlägt die Hände vor den Mund und auch mir kräuseln sich bei dieser Schilderung die Schnurrhaare. Nur Patachon schnüffelt unbeeindruckt von dieser schrecklichen Geschichte auf dem Boden herum. Typisch Hund! Überhaupt kein Gespür für Situationen!

»Oh nein, wie furchtbar! Der arme Werner!«, ruft Kira. »Was ist dann passiert?«

»Als Nächstes kam der Krankenwagen. Den hatte einer der Umstehenden gerufen – immerhin.«

Babuschka klatscht in die Hände.

»So, haben wir geredet genug! Jetzt schnell fahren in Chospital!«

Kira nickt.

»Alles klar, ich bringe die Tiere weg.«

Bei dieser Ansage beginne ich zu fauchen, so laut ich nur kann. Außerdem plustere ich mich so auf, dass meine Haare fast senkrecht von meinem Körper abstehen. Niemals werde ich hierbleiben, wenn mein Herrchen in der Fremde auf dem Krankenlager liegt! Niemals nie!

Anna starrt mich erstaunt an.

»Was hat denn diese Zirkuskatze?«

Kira zuckt mit den Schultern, sagt aber nichts. Ich fauche weiter. Patachon hört auf zu schnüffeln und kommt zu mir herübergelaufen.

»Hey, was hast du denn jetzt schon wieder? Ist doch gut, wenn wir endlich wieder ins Zelt kommen. Die nächste Show geht schließlich irgendwann los, und ich schätze, Balotelli mag es gar nicht, wenn wir erst kurz vorher ankommen.«

Heilige Ölsardine! Als ob mich diese Show auch nur einen Hauch interessieren würde, wenn es meinem allerliebsten Werner schlecht geht! Ich fauche weiter und beginne, an Kira hochzuhüpfen.

»Erzähl mir, was du willst«, sagt Anna, »das ist doch nicht die Zirkuskatze! Das ist unser Winston und der will sein Herrchen besuchen!«

Betreten schaut Kira zu Boden. Anna bückt sich, hebt mich hoch und hält mich genau vor ihr Gesicht.

»Winston, richtig? Warum haben die Kinder dich bloß mitgeschleppt?«

»Weil er nicht ins Tierheim sollte!«, meldet sich Kira jetzt zu Wort. Babuschka schnauft empört.

»Tierheim! Ist Quatsch! War Hotel für Katze! Was wir jetzt machen mit Katze hier? Ist verboten. Und auch nicht gut für Katze.«

»Ist wohl gut für ihn!«, verteidigt sich Kira. »Wir sind seine Familie. Ich wollte nicht, dass er bei fremden Leuten wohnen muss. Ob Heim oder Hotel – ist doch egal!«

Anna überlegt kurz.

»Okay. Wir schmuggeln ihn ins Krankenhaus. Wahrscheinlich freut sich Werner, ihn zu sehen. Aber der Hund bleibt hier!«

Maunz! Endlich machen meine Zweibeiner mal, was sie sollen! Patachon hingegen scheint überhaupt nicht zu begreifen, worum es gerade geht.

»Soll ich jetzt auch in ein Menschenkrankenhaus?«, fragt er völlig begriffsstutzig nach.

»Nein, natürlich nicht. Dich bringen wir vorher noch zu Balotelli zurück. Dann kannst du den anderen ja erzählen, was passiert ist«, erkläre ich ihm. Der doofe Hund legt den Kopf schief.

»Aber was ist denn passiert?«

Maunz, ist es denn zu glauben? Natürlich kann so ein Hund nicht so intelligent wie eine Katze sein. Aber muss er deswegen gleich den IQ einer vertrockneten Zimmerpflanze haben?

»Patachon, es ist doch ganz einfach: Werner ist von der Diebesbande angegriffen worden. Die Verbrecher, nach denen wir die ganze Zeit suchen!«

»Echt jetzt? Und wem soll ich das sagen?«

Okay, ich sehe es ein: Ich muss selbst kurz mit O'Nelly und Bartholomäus reden. Sonst wird das nichts. Dann kann ich den beiden natürlich auch gleich stecken, dass sie schön auf jemanden mit zerkratztem Gesicht achten sollen! Also gehe ich mit Kira mit, als die Patachon zum Zirkus zurückbringt.

Werner hat einen Verband um den Kopf und sieht so kläglich aus, dass es mir den Magen zusammenzieht. Ich kann ihn genau über den Rand von Babuschkas riesiger, glitzernder Handtasche sehen, in der ich Platz genommen habe, um unbemerkt ins Krankenzimmer zu gelangen. Die ist fast so groß wie Tims Rucksack, ich passe also ohne Probleme hinein. Am liebsten würde ich jetzt sofort aus der Tasche und auf seinen Schoß springen, aber das muss ich mir verkneifen, denn die Luft ist noch nicht rein: Außer meinen Damen Kira, Anna und Babuschka steht noch ein Herr neben Werners Bett und erklärt den vieren etwas. Da er einen langen hellen Kittel anhat, schätze ich mal, dass es sich um den Hausmeister handelt. Genau so einen trägt nämlich auch der Hausmeister von Kiras Schule. Interessant. Was der Hausmeister hier wohl will?

»Wir behalten Ihren Mann über Nacht hier und beobachten das. Wenn alles in Ordnung ist, kann er morgen wieder gehen.«

Maunz, ich verstehe kein Wort! Soll der arme Werner in seinem Zustand hier etwa Hausmeisterdienste leisten? Nachts? Und darf erst wieder gehen, wenn er alles ordentlich erledigt hat? Das darf ja wohl nicht wahr sein! Da wären wir mit Werner doch besser zu einem ordentlichen Tierarzt gefahren, der hätte ihm besser helfen können!

»Danke, Herr Doktor!«, murmelt Werner. »Hauptsache, diese grauenhaften Kopfschmerzen verschwinden bald.«

Herr Doktor? Oh. Der Mann im Kittel ist kein Hausmeister, sondern offenbar der Arzt. Das wundert mich. Meine eigene Ärztin, Frau Doktor Wilmes, hat immer nur eine helle Hose und einen hellen Pullover an. Dass Menschenärzte wie Hausmeister herumlaufen, finde ich wirklich komisch!

»Keine Sorge, Herr Professor Hagedorn. Sie haben da nun mal eine riesige Beule, die drückt, und wahrscheinlich eine leichte Gehirnerschütterung. Ein, zwei Tage, dann wird es Ihnen wieder deutlich besser gehen.«

Er nickt Werner freundlich zu, dann wendet er sich zum Gehen. Als der Arzt das Zimmer verlassen hat, gibt es für mich kein Halten mehr: Ich hüpfe aus der Tasche und springe sofort auf Werners Bettdecke. *Hallo, lieber Werner, ich bin so froh, dich zu sehen!*, möchte ich am liebsten laut rufen.

Werner ist erst völlig überrascht, dann lacht er. Ziemlich matt zwar, aber er lacht.

»Winston, wie kommst du denn hierher?«

Anna seufzt.

»Die Kinder haben ihn nicht in die Katzenpension gebracht, sondern ihn einfach heimlich mit ins Hotel genommen.«

Babuschka schüttelt den Kopf.

»Es ist unglaublich! Deutsche Kinder so schlecht erzogen!«

Werner grinst.

»Ach was. Soll ich euch etwas sagen? Ich freue mich gerade richtig, Winston zu sehen. Hier eine Runde mit meinem alten Kumpel zu kuscheln, tut meiner angeschlagenen Verfassung richtig gut!«

Und mir erst! Glücklich winde ich mich schnurrend auf Werners Bettdecke hin und her und genieße es, von ihm gekrault zu werden.

»Die Polizei wird übrigens gleich noch vorbeikommen, um meine Aussage aufzunehmen. Wahrscheinlich wollen sie dann auch noch mit euch sprechen. Wollt ihr vorher vielleicht noch in die Cafeteria gehen und etwas essen? Wer weiß, wie lange das dauert.«

Anna und Babuschka gucken sich an, dann nicken sie und gehen mit Kira auf den Flur hinaus. Als sie durch die Tür verschwunden sind, atmet Werner tief durch.

»So, die sind erst mal beschäftigt.« Dann senkt er seine Stimme und flüstert verschwörerisch: »Winston, es ist gut, dass du da bist! Etwas Furchtbares ist passiert!«

Ich maunze und deute auf seinen Verband. Er schüttelt den Kopf.

»Nein, ich meine nicht meine Verletzung. Es ist viel furchtbarer: Der Ring ist weg.«

Ich starre ihn an, er nickt.

»Ja, Winston, du hast richtig gehört. Der Verlobungsring ist weg. Ich hatte ihn in Annas Handtasche versteckt, weil ich ihr auf dem Riesenrad meinen Heiratsantrag machen wollte. Weißt du – nur wir beide, ganz romantisch! Und vor allem ungestört von Babuschka. Die hat nämlich Höhenangst. Ich hatte mir alles so schön ausgemalt, und dann das! Es ist eine Katastrophe!«

Oh nein, mein armer Dosenöffner! Ich maunze jämmerlich, um ihm zu zeigen, dass ich das auch ganz fürchterlich finde.

»Jetzt habe ich nur noch eine Hoffnung, Winston: Du musst den Ring finden und mir zurückbringen!«

Erstaunt schlage ich mit dem Schwanz hin und her.

»Doch, doch, Winston! Ich weiß ja, dass du mit Kira schon den ein oder anderen Verbrecher zur Strecke gebracht hast. Und du bist der Einzige außer mir, der den Ring schon einmal gesehen hat und weiß, wonach zu suchen ist. Bitte, Winston, versuch es wenigstens! Geh zurück in den Park und finde den Ring für mich!«

Avanti, dilettanti! Oder: Manchmal läuft es einfach unrund.

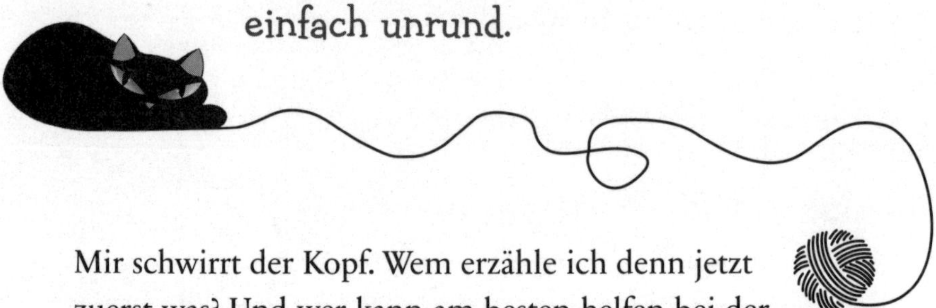

Mir schwirrt der Kopf. Wem erzähle ich denn jetzt zuerst was? Und wer kann am besten helfen bei der Suche a) nach den Taschendieben, b) nach dem Ring und c) nach den feigen Angreifern auf Werner? Unglücklich sitze ich hinter dem Zirkuszelt und schaue den anderen Tieren zu, die sich gerade auf die Show vorbereiten: O'Nelly poliert ihre Hufe, Pat und Patachon kugeln durch die Gegend und der Affe übt noch einmal Handstand und Salto.

Nur von Bartholomäus ist leider weit und breit keine Spur zu sehen, was wohl bedeutet, dass ich noch einmal für ihn einspringen muss. Auch das noch! Dabei hat er doch gesagt, dass er bestimmt wieder fit sei! Das war wohl zu optimistisch. Mist, denn eigentlich muss ich dringend an meinem Agentenplan feilen, bei dem offen gestanden noch gar nichts geklappt hat! Weder haben wir die Diebe, sodass der arme Charlie immer noch unter Verdacht steht, noch kann Werner seinen Heiratsantrag machen, weil der Ring für Anna fehlt. Heilige Ölsardine! Es ist einfach zum Schnurrhaare ausreißen!

Ach, was soll's! Irgendwo muss ich ja anfangen. Ich werde also den Tieren von Werners Ring erzählen und versuchen, den möglichst genau zu beschreiben. Vielleicht haben wir Glück und finden ihn. Um den falschen Clown mit der Schramme im Gesicht kann sich jetzt Kira mit Tom und Pauli kümmern, sie ist zum Hotel zurückgegangen, um ihre Freunde zu suchen.

Gerade will ich ansetzen, meinen Zirkuskollegen von dem Angriff auf Werner zu erzählen, da platzt Bartholomäus in unsere Runde. »Ihr glaubt es nicht!«, ruft er ganz aufgewuschelt und schnappt nach Luft. »Ich habe ihn! Ich habe ihn gesehen!«

»Oh boy!«, meckert O'Nelly. »Keep cool and calm down. Wen hast du gesehen?«

»Den Dieb! Ich habe den Dieb gesehen! Von dem uns Winston erzählt hat, bevor er mit Kira ins Krankenhaus gefahren ist«, ruft der Kater und hüpft dabei aufgeregt hin und her.

»Wo?«

»Wann?«

»Wie?«

»Wer?«

Plötzlich sind alle ganz aufgeregt, meine Wenigkeit eingeschlossen, und rufen wild durcheinander.

»Also, das war so …«, beginnt Bartholomäus schwer atmend, er ist wohl kurz vorm Hyperventilieren. »Also, ich bin noch einmal durch den Park gestromert und dabei hinten am Hotel vorbeigekommen, gerade als die Putzkolonne aus dem Seiteneingang gekommen ist. Da habe ich gehört, wie einer von denen einen anderen Kollegen gefragt hat, wo er denn die Verletzung im Gesicht herhat. Und der hat dann irgendetwas davon gefaselt, dass er aus Versehen gestolpert und in einen Kaktus gefallen ist! In einen Kaktus! Na, das kam mir gleich spanisch vor. Und da bin ich näher rangeschlichen und hab mir den Typen mal genau angeguckt. Und das sage ich euch: Wenn das keine Katzenkratzer quer über seiner Nase sind, dann fress ich einen Kratzbaum!«

»Und was hast du dann gemacht?«, bellt Pat.

»Na ja, äh, nun, nichts ...«, stammelt Bartholomäus ein wenig verlegen. »Weil die dann alle wieder reingegangen sind. Die haben draußen nur kurz ein Raucherpäuschen gemacht ...«

»Hmm, hmm, hmm«, mache ich nachdenklich. »Einer von der Putztruppe also. Gar nicht dumm ...«

»Wie meinst du das?«, fiepst Floyd.

»Na ja, die kennen das Gelände ja wie ihre Hosentasche und können überall herumlaufen, ohne weiter aufzufallen. Und wenn zwischendurch mal einer in ein Clownskostüm schlüpft und klauen geht, kann er seine Beute prima erst mal im Hotel verstecken und auch das Kostüm schnell wieder loswerden!«, erkläre ich.

Die anderen schauen mich gebannt an und nicken, meine Theorie leuchtet ihnen ein. »Aber was machen wir denn jetzt? Wie überführen wir diesen Dieb?«, will Patachon nun wissen.

»Ganz einfach!«, sage ich. »Wir haben heute Abend ja wieder eine Show im Hotel-Theater. Die übernehme ich noch mal. Und dann seile ich mich unauffällig von der Truppe ab und suche nach diesem Typen, den Bartholomäus gesehen hat. Wenn es der Dieb ist, erkenne ich ihn am Geruch. Meiner feinen Nase macht keiner was vor!«

»Gute Idee!«, maunzt Bartholomäus. »So ganz fit bin ich auch noch nicht.«

»Und wenn du ihn erkannt hast, machst du was? Legst ihm Handschellen an?«, fragt O'Nelly.

Höre ich da so etwas wie Ironie heraus? Pfff. »Ich verfolge ihn«, erkläre ich hocherhobenen Hauptes, »und gucke, ob er noch Komplizen hat. Und vielleicht führt er mich auch zur Beute. Dann ist der Fall aufgeklärt, und ich gebe den Kindern Bescheid, damit sie die Polizei verständigen.«

»Apropos Kinder beziehungsweise Menschen: Was ist denn jetzt eigentlich mit deinem Dosenöffner? Ist er wirklich so schwer verletzt?«, bellt Patachon dazwischen.

Ach ja, da war noch was, besser wer: Werner! Deshalb erzähle ich den anderen erst einmal, dass es im Luna-Park nicht nur Langfinger, sondern auch fiese Schläger gibt, die meinem Herrchen ein paar verpasst haben. Und dass ich mittlerweile nicht nur auf der Suche nach den Dieben bin, sondern auch den Ring finden muss, damit Werner seiner Anna endlich den Heiratsantrag machen kann.

Die Truppe schaut mich ganz verdattert an. Wahrscheinlich übersteigen all diese neuen Informationen gerade ihren tierischen Horizont. »Oh my God«, stöhnt O'Nelly.

»Wir sind von Verbrechern umzingelt! Das ist ja fürchterlich!«

»Ganz, ganz …«, krächzt Romeo.

»… fürchterlich«, echot Julia.

Und dann rufen und schnattern sie wieder durcheinander. Doch bevor ich sagen kann, dass doch bitte jetzt alle einmal einen ruhigen Kopf bewahren und die Klappe halten sollen, ertönt im Hintergrund der mir schon vertraute Trommelwirbel. It's showtime!

Es wäre wahrscheinlich besser gewesen, mit meiner Geschichte bis nach der Aufführung zu warten. Denn meine tierischen Kumpel sind so verwirrt und durcheinander, dass bei ihrem Auftritt im Zirkus alles schiefläuft, was nur schieflaufen kann.

Es fängt damit an, dass O'Nelly erst ihren Einsatz verpennt, dann erschreckt losläuft und bei ihrem Satz auf das Podest leider das Podest verfehlt. Stattdessen landet sie mit Schmackes auf ihrem Balancierbrett, das mit einem lauten Krachen unter ihr zusammenbricht. Vielleicht sollte die Dame doch mal zeitnah über eine Diät nachdenken …

Das Publikum johlt und klatscht. Es hält den Patzer wohl für einen Teil der Show und eine gelungene humoristische Einlage. Aus den Augenwinkeln sehe ich, dass Balotelli sich entsetzt an den Kopf greift. Und O'Nelly humpelt beschämt zur Seite.

Als Nächstes ist Floyd dran, der sich am Trapez durch die Luft schwingt und dabei wohl vergisst, richtig Schwung zu holen. Jedenfalls pendelt er ein paarmal hin und her und hängt dann wie ein nasser Sack in der Luft. Er rettet die Nummer so gerade eben noch, indem er mit mehreren Salti auf den Boden springt und dort einen Flicflac schlägt.

Pat und Patachon ergeht es nicht viel besser. Während ihres rasenden Laufs durch die Manege, bei dem sie sonst gekonnt übereinanderspringen oder untereinander durchrennen, geraten sie irgendwie ins Stolpern und verkeilen sich ineinander. Man sieht plötzlich nur noch ein Knäuel aus acht Beinen und viel Fell über die Sägespäne purzeln. Und mittlerweile lacht im Publikum keiner mehr.

Balotellis Gesichtsfarbe wechselt von hell zu dunkel und wieder zurück. Grimmig setzt er sich nun Romeo und Julia auf die Schultern, um die beiden Mathegenies vorzuführen. Tja, und dann passiert das, was einem Vogel in der Aufregung schon mal passieren kann … Jedenfalls ist der schöne Zirkusdirektor-Frack auf der Brust auf einmal weiß besprenkelt. Balotelli zieht hektisch ein Taschentuch aus der Hose, versucht, die Schweinerei wegzuwischen, und verteilt sie dabei aber nur großflächig. Ach du heiliges Katzenklo!

Inzwischen bin ich in mein Körbchen gehüpft und befinde mich auf dem Weg unter die Zirkuskuppel. Von Bartholomäus ist diesmal weit und breit keine Spur zu sehen. Wo steckt der nur? Der passt doch sonst immer auf!

Egal, rede ich mir Mut zu, ich bin schließlich ein alter

Show-Hase, äh, -Kater, wird schon schiefgehen. Der Reifen senkt sich, es macht *Fump*. Und dann noch mal *Fump*. *Fump, fump*. Aber der Reifen entzündet sich einfach nicht. Und hier liegt nun eindeutig technisches und kein tierisches Versagen vor!

Trotzdem springe ich, denn irgendetwas muss ich ja tun, und lande sicher auf meinem Absatz. Na also! Ich blicke nach unten und merke, dass vom Publikum leider niemand mein tolles Kunststück gesehen hat. Denn ohne die Flammen ist es hier oben stockdunkel. Da gibt es plötzlich ein erneutes *Fump*, der Reifen brennt lichterloh und ich schaue ziemlich dämlich aus der Wäsche. Auweia! Ich linse kurz nach unten: Tatsächlich! Nun sind leider wirklich alle Augen auf mich gerichtet. Was tun? Einfach zurückspringen und somit andersherum durch den brennenden Reifen? Viel zu gefährlich! Auf der anderen Seite ist schließlich gar kein Podest, auf dem ich richtig landen könnte. Nachher stürze ich noch in die Tiefe! Und die ist wirklich ziemlich tief! Angeblich habe ich als Katze zwar neun Leben, ich würde es aber ungern darauf ankommen lassen. Also beschließe ich, mich möglichst elegant zu zeigen, ziehe meinen kleinen Bauch ein und recke und strecke mich so auffällig, wie ich nur kann.

»Los, Kater, spring schon!«, höre ich es plötzlich von unten rufen.

»Ja genau, du Feigling, spring!«, rufen noch andere Stimmen. Und dann, wie im Chor:

Springen, springen, springen, SPRINGEN!

Pöh! Ich lasse mich hier doch nicht erpressen! Von so einem aufgebrachten Mob schon gar nicht! Indigniert laufe ich die Katzentreppe hinunter – und werde unten schon von ohrenbetäubenden Buhrufen empfangen. Ach du liebes Katzenklo, dieser Auftritt war eindeutig ein Satz mit X: Das war wohl nix!

Das heulende Elend! Besser kann man den Zustand unserer Truppe nach dieser Show nicht beschreiben. Wir lassen alle die Köpfe hängen und sind total bedröppelt. Den anderen hat's tatsächlich die Sprache verschlagen, denn erst mal sagt keiner ein Wort.

»So schlecht waren wir noch nie«, winselt Pat dann als Erste.

»Eine Katastrophe!«, poltert O'Nelly. »Das war really eine absolute Katastrophe!«

Ich räuspere mich. »Na jaaaaa …«, sage ich gedehnt und mit der Absicht, meine Kumpel etwas aufzuheitern. »Sooo schlecht war's nun auch nicht. Das Publikum hat immerhin ein paar Mal gelacht. Wahrscheinlich haben die alle geglaubt, dass das so gehört …«

Bevor ich jedoch den anderen weiter Mut zusprechen kann, naht das Inferno in Person von Signore Balotelli. Mit einem Aufschrei stürzt er auf den Käfig zu, rauft sich erst die Haare und stemmt dann die Arme in die Hüften. Und dann geht die Schimpfkanonade los.

»Was denke? Was macke? Tutti dilettanti, tutti dilettanti!«, schreit er. »Und meine Anzug! Iste ruiniert! Completti!«

Jetzt greift er sich theatralisch ans Herz und jammert lautstark weiter. »Was solle das? Iste Verschwörung gägän mio? Was icke habe getan? Icke war immer gut zu euch! Wie ein Papa! Wie ein echter amico! Icke habe nicht verdient!«

Er schnauft empört und beugt sich ganz dicht an die Gitterstäbe heran. »Icke schwöre bei la mamma Maria, icke schicke euch tutti zu diavolo! Ganze Truppe! Dilettanti! Macke noch einmal so und ihr alle, tutti, kommt zu eure amico Dickie, arme Schwein. Icke schwöre!«

Und dann stapft er wutentbrannt davon. Im Käfig ist es so totenstill, dass man eine Stecknadel fallen lassen könnte.

»Ach du verdammte Bananenschale«, flüstert Floyd. »Wir landen alle im Tierheim …«

»… oder gleich beim Abdecker«, knurrt Patachon düster.

Eine Entdeckung und ein klitzekleines Problem. Na gut, vielleicht ein größeres …

»Wo um alles in der Welt steckst du denn?«, fauche ich Bartholomäus an, der uns im Luna-Theater des Hotels gelangweilt um eine Ecke entgegenschlendert.

»Wieso?«, fragt er erstaunt. »War was?«

»Das kannst du aber laut sagen!«, schimpfe ich weiter. »Die Show ist komplett ins Katzengras gegangen. Und Balotelli droht damit, dass euch alle das gleiche Schicksal ereilt wie Dickie!«

Bartholomäus reißt entsetzt die Augen auf. »Was? Kann man euch denn nicht mal zwei Stündchen alleine lassen, ohne dass ihr Mist baut?«

Ich grummle und schimpfe noch ein wenig weiter, und dann erzähle ich ihm, was in der Zeit seiner Abwesenheit alles passiert ist. Und dass Balotelli sich immer noch nicht beruhigt hat. Im Gegenteil. Als er uns auf den Pritschenwagen verladen hat, der uns zurück zum Zirkus bringt, hat er noch jede Menge wüste Drohungen ausgestoßen und gebrüllt, dass wir uns bloß zusammenreißen sollen, sonst … SONST! Was SONST ist, hat der Signore allerdings offengelassen. Der Rest der Truppe ist mittlerweile echt runter mit den Nerven. Wie die heute Abend ihren Auftritt absolvieren sollen, ist mir ein Rätsel.

»Also, wo warst du?«, will ich noch einmal von dem Kater wissen.

»Brmmmgrmpff«, murmelt er in seine Schnurrhaare.

»Bitte was?«

»Brauchte mal ein bisschen Zeit für mich allein …«

»Wieso das denn?« Ich starre ihn entgeistert an.

»Wir Katzen sind schließlich Einzelgänger«, fängt er an zu dozieren. »Und den ganzen Tag in einer Herde zu verbringen, noch dazu einer, die gar nicht aus Artgenossen besteht, geht mir manchmal ganz schön auf den Geist.«

Irgendwie kann ich ihn ja verstehen, auch mir als bequemem Sofa-Kater ist diese andauernde Gesellschaft und Aufregung der letzten Tage ein wenig zu viel. Trotzdem finde ich, dass Bartholomäus in dieser Situation ein bisschen mehr Teamgeist beweisen könnte, statt sich unerlaubt von der Truppe zu entfernen. Deshalb nörgle ich noch etwas vor mich hin, bevor wir unsere Plätze beziehungsweise Rollen tauschen, Bartholomäus sich auf seinen Auftritt vorbereitet und ich auf Verbrecherjagd gehe.

»Okidoki«, verabschiede ich mich von ihm. »Direkt nach der Show treffen wir uns wieder hier hinter den Kulissen. Und dann kann ich euch hoffentlich schon mehr berichten!«

Ich schleiche aus dem Theater hinüber in die große Eingangshalle, versuche, mich wie unsichtbar am Empfang vorbeizumogeln, und entdecke dort hinter dem Tresen die junge Dame, die uns bei der Ankunft begrüßt und die im Morgengrauen im Flur geknutscht hat. Die scheint ja im Dauereinsatz zu sein!

Gerade will ich an der Wand entlang vorbeihuschen, da sehe ich aus den Augenwinkeln etwas glitzern. Nanu, was ist das denn? Ich kauere mich unter einen Sessel und beobachte die Dame an der Rezeption. Da! Da blinkt es wieder! An ihrer Hand!

Das gibt es ja gar nicht! Ich bin so baff, dass mir der Unterkiefer herunterklappt. Die Frau trägt Werners Ring, also Annas Ring, also den Ring, den Werner Anna schenken will und der ihm geklaut worden ist! Wo hat sie den denn nur her?

Dass sie als Diebin nicht infrage kommt, ist mir nämlich sofort klar. Schließlich arbeitet sie den ganzen Tag im Hotel und steht ständig hinter dieser Theke. Die hatte ja gar keine Zeit, um etwas zu klauen. Und außerdem sieht sie viel zu nett aus, um eine Verbrecherin zu sein.

Jetzt hält sie einen Augenblick inne, betrachtet versonnen ihre Hand, an der das Diebesgut funkelt, und seufzt tief. Diese Seufzer kenne ich! So seufzt auch mein Professor manchmal, wenn er Anna sieht und denkt, sie sieht ihn nicht. Leicht dümmlich guckt er dabei immer aus der Wäsche, genau wie nun auch die Empfangsfrau.

Und da geht mir ein Licht auf – der Fall ist doch sonnenklar: Ganz sicher hat sie den Ring von ihrem Freund geschenkt bekommen, das machen die Menschen ja so, dieses Ringetauschen als Zeichen, dass sie zusammengehören. Dann muss ihr Freund irgendetwas mit dem Diebstahl zu tun haben. Und dieser Freund ist doch kein Geringerer als der Chef von der Putztruppe! Und einer von der Putztruppe ist doch vermutlich der als Clown verkleidete Langfinger!

Heilige Ölsardine! Vor lauter Aufregung über die Entdeckung, wie das alles irgendwie zusammenhängt, zittern sogar meine Schnurrhaare. Fieberhaft überlege ich, was ich als Nächstes tun soll. Ich kann ja schlecht zum Empfang spazieren und die Dame bitten, mir sofort den Ring auszuhändigen. Vielleicht sollte ich den Kindern davon erzählen und die holen dann den Ring zurück.

Ach, Quatsch mit Thunfischsoße, die Kinder wissen ja gar nichts von dem Ring, schließlich hat Werner nur mich in seine Pläne eingeweiht. Und Kira, Pauli und Tom auf die Schnelle begreiflich zu machen, was es mit dem Schmuck auf sich hat, übersteigt ganz klar meine Möglichkeiten. Bis ich das mit Tatzen zusammenbuchstabiert habe, ist der Tag um. Deshalb beschließe ich, den Ring erst einmal dazulassen, wo er gerade ist: an der Hand der jungen Frau. Die wird schon gut auf ihn aufpassen und ich werde mich später diesem Problem widmen. Jetzt werde ich erst einmal das tun, weswegen ich aufgebrochen bin: die Kinder holen und dann mit ihnen zusammen den Dieb schnappen.

Also flitze ich in den zweiten Stock und zum Glück begegnet mir dabei keine Menschenseele. Wahrscheinlich sind alle Gäste gerade beim Abendbrot oder im Theater. Lautstark kratze ich an der Tür zum Zimmer der Kinder, denn auch der Flur ist komplett verwaist. Die Tür öffnet sich und Kira steckt ihren Kopf heraus. »Winston!«, ruft sie erfreut und lässt mich herein.

Aufgeregt schnurrend streiche ich um ihre Beine. »Na, hast du irgendwas herausgefunden, was du mir erzählen willst?«, fragt Kira, das schlaue Kind.

Ich nicke eifrig. Und jetzt kommen auch Pauli und Tom, die faul auf dem Sofa vor dem Fernseher gelegen haben, neugierig zu uns. »Dann schieß mal los«, meint Kira und geht vor mir in die Hocke.

Ich fahre meine Krallen aus und haue mit der Pfote mehrmals durch die Luft. »Du hast schon wieder diesen armen Hund verprügelt?«, fragt sie nun etwas ratlos.

Manno, natürlich nicht! Wieder und wieder fuchtele ich mit meiner Tatze hin und her, aber Kira begreift offensichtlich nicht, was ich ihr sagen will, denn ihr Gesicht wird immer länger. Vielleicht ist sie doch nicht so schlau, wie ich immer glaube. Da schaltet sich plötzlich Tom in unser »Gespräch« ein.

»Mensch, Winston!«, ruft er. »Kann es sein, dass du den Clown gefunden hast, den du gekratzt hast?«

Hurra, wenigstens einer hat's kapiert! Vor lauter Freude mache ich einen Luftsprung und schmiege mich dann dankbar an Tom.

»Echt? Du Teufelskerl!« Tom rauft mir liebevoll durch die Haare. »Und wo steckt dieser Typ jetzt?«

Drei Kinder gucken mich erwartungsvoll an. Ich laufe zur Tür und drehe mich auffordernd um. Keine Reaktion. Also laufe ich zu Kira zurück, gebe ihr einen Stups mit der Nase und nehme dann vorsichtig ihr Hosenbein in die Schnauze und ziehe daran.

»Wir sollen mit dir mitkommen, oder? Du willst uns zeigen, wo der Clown ist!« Na also, diesmal ist mein Lieblings-Mädchen wieder schnell von Begriff.

Die Kinder ziehen sich ihre Schuhe an, Tom schnappt sich noch seinen Rucksack, und dann geht's los. Ich schleiche voran durchs Treppenhaus, die drei artig hinter mir her, und finde im Erdgeschoss auf Anhieb den Seiteneingang, den ich mit Bartholomäus genommen habe. Hier geht doch auch sicher die Putzkolonne ein und aus.

Ich bleibe kurz stehen, halte mein Näschen in die Luft und schnuppere. Rechts den Gang runter wird der Geruch nach Reinigungsmitteln stärker, da müssen wir also lang. Ich laufe wieder vorweg, immer der Nase nach, biege um die nächste Ecke und sehe, dass dort eine Treppe in den Keller führt. Ziemlich düster ist es da unten, aber der Geruch wird immer stärker, wir sind richtig!

Deshalb laufe ich die Stufen hinunter, die Kinder folgen mir vorsichtig. Im Keller brennt in den Gängen nur so eine Art Notbeleuchtung, es ist wirklich sehr, sehr schummrig. Trotzdem können wir unschwer erkennen, dass wir das Reich der Putzkolonne gefunden haben. Überall stehen

Wägelchen mit Reinigungsmitteln, Wischmopps und Lappen herum. Aber jetzt gerade scheint kein Mensch hier zu sein, denn es ist totenstill.

Plötzlich streift noch ein anderer Geruch meine Nase. Und bei diesem Geruch sträubt sich sofort mein Rückenfell! Es riecht nämlich nach Clown, also nach diesem einen, ganz speziellen Clown. Schnell laufe ich weiter, der Spur nach, die immer deutlicher wird, und lande in einer kleinen Abstellkammer. Und hier riecht alles nach meinem Widersacher, er muss sich also ziemlich oft in diesem Raum aufhalten.

Die Kinder drängen sich hinter mir in die Kammer. »Und jetzt?«, wispert Pauli.

»Lass mal umgucken«, flüstert Kira zurück. »Das hat bestimmt einen Grund, dass Winston hier hereingelaufen ist.«

Die drei beginnen, das Zimmerchen zu inspizieren. An den Wänden stehen deckenhohe Metallregale, in denen alles Mögliche liegt – Toilettenpapier, Lappen, Müllbeutel, Kehrbesen und so ein Zeug. Vorsichtig schiebt Tom ein paar Pakete mit Haushaltsrollen beiseite und muss dann einen überraschten Schrei unterdrücken. »Guckt mal, was ich gefunden habe!«, zischt er.

Kira und Pauli gehen schnell zu ihm, und ich springe auf ein Regal an der gegenüberliegenden Wand, um besser sehen zu können. Volltreffer! Hinter den Paketen liegen etliche Geldbörsen, zwei Handys und eine Damenhandtasche.

»Bingo!«, ruft Kira leise. »Wir haben das Versteck der Diebe gefunden!«

»Und jetzt?«, fragt Pauli.

»Jetzt legen wir uns auf die Lauer und fangen den Dieb«, antwortet Kira entschlossen.

»Nee, viel zu gefährlich«, meint Tom. »Vielleicht sind das ja auch mehrere Diebe. Am besten gehen wir zur Polizei und zeigen denen dieses Lager. Die zählen dann schon zwei und zwei zusammen. Denn damit ist ja klar, dass der arme Charlie aus dem Zirkus nicht der Dieb sein kann, sondern dass es wahrscheinlich einer von diesen Putz-Leuten ist.«

Die Mädchen nicken und wenden sich schon zum Gehen, da hören wir auf einmal irgendwo auf dem Gang eine Tür auf- und zuklappen. Schwere Schritte kommen näher und jemand pfeift ein Lied. Erschrocken gucken wir uns an und die Kinder sich hektisch um. In den Gang hinauslaufen können wir nicht, da sieht uns derjenige, der gerade in unsere Richtung marschiert, natürlich sofort. Und verstecken können wir uns auch nicht in dieser winzigen Abstellkammer, da stehen ja nur Regale. Okay, ich könnte bestimmt hinter das Klopapier kriechen. Aber für die Kinder wird das eher schwierig …

Also bleiben wir alle mucksmäuschenstill stehen und hoffen inständig, dass dieser Jemand entweder schon vor der Kammer sein Ziel erreicht hat oder an ihr vorbeigeht, ohne uns zu entdecken.

Aber wie heißt es so schön: Wenn man kein Glück hat,

kommt meistens auch noch Pech dazu. Denn dieser Jemand steuert direkt auf die Abstellkammer zu. Eine große Gestalt füllt plötzlich den Türrahmen, schreit verstört »Huch!«, als sie auf uns stößt, und taumelt zwei Schritte zurück.

Und in dem funzeligen Flurlicht kann ich ihn nun deutlich erkennen: Es ist der Clown, allerdings diesmal in seiner Arbeitskleidung als Putzmann, mit einem hellen Kittel und einer hellen Hose. Trotzdem bin ich mir ganz sicher, den Richtigen vor mir zu haben: Der Kratzer in seinem Gesicht ist sehr schön zu sehen – und selbst auf zwei Meter Entfernung riecht er genau wie der Clown, den ich gekratzt habe.

Er erkennt auch mich. »Arrrgh, dieses gemeingefährliche Biest!«, schreit er – und bevor einer von uns auch nur Piep sagen kann, knallt er uns einfach die Tür direkt vor der Nase zu. Undeutlich hören wir ihn draußen weiterfluchen – und wie sich ein Schlüssel mehrmals im Schloss dreht.

Und dann hören wir wieder die Schritte, die sich jetzt aber eilig entfernen …

Handfeste Beweise.
Oder etwa nicht?

Mein letztes Stündlein hat wohl bald geschlagen. Ein elender Hungertod wird mich ereilen, wenn nicht bald etwas passiert. Das Einzige, was mich tröstet: Ich sterbe nicht allein, sondern wenigstens in den Armen meiner geliebten Kira! Maunz.

Gefühlte tausend Stunden sind wir nämlich schon in dieser Abstellkammer gefangen. Ich weiß, ich weiß, ich übertreibe wahrscheinlich ein wenig. Aber wenn man so im Dunkeln zusammenhockt, ohne irgendetwas zu tun zu haben, vergeht die Zeit wirklich extrem langsam.

Nachdem der doofe Clown uns hier eingesperrt hat, waren wir alle vier erst einmal wie vom Donner gerührt. Aber dann haben die Kinder angefangen, laut um Hilfe zu rufen und mit den Fäusten gegen die Tür zu hämmern. Das hat aber nur leider niemand gehört.

Dann ist Tom eingefallen, dass er ja zum Glück sein Handy dabeihat, und er hat es schnell aus seinem Rucksack gefischt. »Kein Empfang!« lautete die nächste Hiobsbotschaft. Also haben wir gewartet und gewartet und gewartet.

Und die Kinder haben zwischendurch immer mal wieder gerufen und geklopft.

Mittlerweile habe ich die Hoffnung aufgegeben, dass uns irgendjemand jemals finden wird, hier unten in diesem dunklen Loch. »Ach, Winston, mach dir mal keine Sorgen«, sagt Kira, als könnte sie meine Gedanken lesen, und krault mich zwischen den Öhrchen. »Irgendwann muss ja mal wieder jemand in diesen Keller kommen. Und irgendwann werden auch Mama und Babuschka uns vermissen und anfangen, uns zu suchen!«

Eben: IRGENDWANN. Wer weiß, wann das sein wird. Und ob ich so lange durchhalte! Mein armer, leerer Magen hat jedenfalls in den letzten Minuten mehrmals unüberhörbar geknurrt. Wahrscheinlich werden mich schon bald meine Kräfte verlassen …

Gerade will ich mit allem abschließen, da kratzt es an unserer Kerkertür, erst so leise, dass nur meine feinen Katzenohren es hören. Aber dann bemerken auch die Kinder das Geräusch.

»Was ist das?«, flüstert Pauli ein wenig ängstlich.

»Keine Ahnung«, wispert Tom zurück. »Ich habe gar keine Schritte gehört.«

Jetzt bewegt sich die Türklinke wie von Geisterhand auf und ab. »Da draußen ist jemand«, zischt Kira.

Plötzlich quietscht der Riegel ganz laut, die Tür springt auf, und irgendetwas Kleines, Pelziges springt hinein zu uns in die Kammer.

»Iiiiiih, eine Ratte!«, schreit Pauli und weicht zurück.

Während ich noch überlege, dass es eher unwahrscheinlich ist, dass eine Ratte einen Türriegel zurückschieben kann, höre ich eine Stimme, die mir sehr bekannt vorkommt. »Eine Ratte? Unverschämtheit! Die sperre ich gleich wieder ein!«

Natürlich können Ratten keine Türen öffnen – aber Affen können es! Unser Retter heißt Floyd – und er ist nicht allein. Mit einem eleganten Satz schlüpft jetzt nämlich auch Bartholomäus in unser Gefängnis. Und nun erkennen auch die Kinder, wer uns da gerade befreit. »Mensch, guckt mal, das sind doch zwei von den Tieren aus dem Zirkus«, ruft Kira ganz aufgeregt.

»Haarscharf erkannt«, sagt Bartholomäus und beginnt, sich das Fell zu lecken. »Wir haben schon das ganze Hotel nach euch abgesucht. Und dann habe ich irgendwann deine Witterung aufgenommen und wir sind deiner Spur gefolgt. Aber was macht ihr eigentlich hier? Und wer hat euch eingesperrt?«

Schnell erkläre ich den beiden, was passiert ist, während die Kinder gespannt unseren tierischen Dialog beobachten. Dass wir das Diebesgut gefunden haben und dass uns der falsche Clown dabei überrascht und eingekerkert hat.

»So etwas in der Art hatten wir uns schon gedacht«, fiepst Floyd.

»Genau, denn als du nicht am verabredeten Treffpunkt erschienen bist, kam uns das ziemlich merkwürdig vor. Bisher warst du ja immer ziemlich zuverlässig«, meint Bartholomäus.

Das will ich meinen! Auf Winston Churchill ist schließlich Verlass! »Ihr beide seid aber auch zwei echte Teufelskerle!«, schnurre ich nun anerkennend. »Und richtig gute Spürnasen dazu! Das war wirklich Eins-a-Detektivarbeit. Hätte ich nicht besser machen können. Tausend Dank, meine Freunde!«

Floyd freut sich so über das Lob, dass er spontan ein paar Salti macht, Bartholomäus dagegen wird ein wenig verlegen. »Dafür nicht«, murmelt er. »War doch selbstverständlich …«

»Egal wie die zwei uns gefunden haben«, unterbricht nun Tom unseren Austausch an Nettigkeiten, »wir sollten schleunigst zusehen, dass wir hier rauskommen. Ab durch die Mitte!«

Er lugt vorsichtig aus der Kammer hinaus in den Gang. »Die Luft ist rein!«, zischt er und sprintet los.

Wir anderen sehen zu, dass wir hinterherkommen, laufen durch den dunklen Kellergang, die Treppe hinauf und hechten aus dem Seiteneingang nach draußen. Freiheit, süße Freiheit!

Die Kinder rennen noch ein ganzes Stück weiter und lassen sich dann keuchend auf eine Parkbank fallen. »Und jetzt?«, schnauft Tom.

»Jetzt machen wir genau das, was du vorhin schon vorgeschlagen hast: Wir gehen zur Polizei und erzählen alles!«, sagt Kira.

»Vorhin, vor der Show, waren die Polizisten im Theater«, maunzt Bartholomäus mir zu. »Sie hatten ein paar Fragen an Balotelli. Aber der konnte ja nicht, wegen der Vorstellung. Deshalb wollten die sich hinterher mit ihm im Zirkus treffen. Da sind die bestimmt noch!«

Auffordernd stupse ich meine Kira an, laufe ein paar Schritte vor und drehe mich dann zu ihr um. »Na, Winston, irgendetwas willst du mir doch wieder sagen, oder?«, fragt sie neugierig.

Ich nicke, deute mit meiner Pfote auf Floyd und Bartholomäus, laufe noch ein paar Schritte und bleibe wieder stehen.

»Wir sollen zum Zirkus gehen? Aber dafür haben wir jetzt keine Zeit, Winston. Wir müssen doch zur Polizei!«, meint Kira leicht tadelnd.

Heilige Ölsardine, manchmal sind Zweibeiner doch schwer von Begriff! Also miaue ich herzerweichend, deute wieder auf meine haarigen Kumpel und springe auf und ab, um meiner Aufforderung noch mehr Dringlichkeit zu verleihen. Und Kira, das brave Mädchen, steht tatsächlich auf und trottet hinter mir her.

»Kommt!«, sagt sie zu Pauli und Tom. »Irgendetwas Wichtiges will Winston uns zeigen. Das schauen wir uns jetzt erst mal an, zur Polizei können wir dann immer noch.«

Als wir zum Zirkusplatz kommen, biegen Floyd und Bartholomäus Richtung Zelt ab. »Geht zu Balotellis Wohnwagen«, ruft der Kater mir zu. »Wir verschwinden jetzt. Nicht, dass man uns noch zusammen sieht! Und außerdem müssen wir den anderen erzählen, was alles passiert ist und dass wir euch gefunden haben!«

Ich maunze zustimmend und führe die Kinder auf den Hof zu den Wagen. Und aus dem des Zirkusdirektors dröhnt auch gerade unverkennbar Balotellis Bass. »Incredibile! Incredibile!«, schreit er. »Icke glaube nicht! Charlie iste ehrliche Haut!«

»Guter Mann, jetzt regen Sie sich doch nicht so auf«, versucht da jemand, beruhigend auf ihn einzuwirken. »Das versuchen wir doch gerade herauszufinden, ob Ihr Charlie an diesen Diebstählen beteiligt ist. Uns sind da nämlich mittlerweile ein paar Zweifel gekommen ...«

Neugierig guckt Tom nun durch eines der Fenster des Wagens. »Da sitzen ja zwei Polizisten drin!«, ruft er erstaunt. »Mensch, Winston, woher hast du das jetzt wieder gewusst?«

Tja, einem Winston Churchill entgeht eben nichts! Auch Kira schaut mich verblüfft an und klopft dann mehrmals lautstark an die Tür des Zirkuswagens. Kurz darauf wird die geöffnet und Balotelli steckt seinen Kopf heraus. »Ah, bambini!«, ruft er. »Scusi, aber icke habe keine Zeit. Icke habe Besuch ...«, er senkt dramatisch seine Stimme, »... von carabinieri, von Polizei.«

»Und genau mit der müssen wir sprechen!«, sagt Kira sehr bestimmt und lässt sich nicht abwimmeln.

»Sprecke? Mit Polizei? Perché? Warrrum?«

»Weil wir wissen, dass Charlie nicht der Dieb ist!«, ruft Kira.

Balotelli verschlägt's für einen kurzen Moment lang tatsächlich die Sprache, dann fuchtelt er aufgeregt mit den Armen. »Avanti, avanti!«, sagt er dabei. »Schnell rein mitte euch!«

Die Kinder drängeln sich in den Zirkuswagen und auch ich schlüpfe unbemerkt mit hinein. Bald stapeln wir uns wie Ölsardinen.

»Ja, was ist denn hier los?«, fragt einer der beiden Polizisten, die in einer Sitzecke am Tisch hocken, erstaunt.

»Wir wollen eine Aussage machen!«, ruft Tom.

»Eine Aussage, soso …«, sagt der andere Polizist und kratzt sich am Kopf.

»Genau!«, meint Kira. »Wir haben nämlich das Versteck der Diebe gefunden. Und wir haben auch schon einen von ihnen identifiziert!«

»Aha! Dann schießt mal los«, fordert der erste Beamte die Kinder auf.

Tom, Pauli und Kira berichten, was sie alles herausgefunden haben. Meine entscheidende Rolle bei der Aufklärung dieses Falls unterschlagen sie allerdings. Aber ich bin ausnahmsweise kein bisschen beleidigt. Denn wenn die Kinder den Polizisten erklären würden, dass ihnen eine Katze bei den Ermittlungen geholfen hat, dann würden die ihnen doch kein Wort mehr glauben!

»Na, diese Abstellkammer schauen wir uns jetzt gleich

mal an. Und ihr führt uns hin«, sagt einer der Polizisten, als die Kinder mit ihrem Bericht fertig sind.

Balotelli kommt kurzerhand auch mit. Wahrscheinlich möchte er live dabei sein, wenn die Unschuld seines Clowns bewiesen wird. Unsere kleine Gruppe hechtet im Eiltempo Richtung Hotel. Und ich überlege gerade, wie oft ich diese Strecke in den letzten Tagen wohl schon hin- und hergerannt bin und dass ich nach diesem unfreiwilligen Training locker bei einem Marathon mitlaufen könnte, da zeigt einer der Beamten misstrauisch mit dem Finger auf mich. »Was ist das eigentlich für eine Katze, die da die ganze Zeit neben uns herläuft? Im Park sind Tiere doch streng verboten!«

»Äh«, hüstelt Kira und zwinkert mir verschwörerisch zu. »Die gehört zum Zirkus und darf deshalb hier sein.«

»Va bene!«, bestätigt Balotelli. »Iste Bartholomeo. ›The flying cat‹. Iste weltberrühmt! Iste beste Kater von die Welt!«

Ich grinse ein kleines Katzengrinsen. Endlich mal einer, der meine wahre Bedeutung erkannt hat!

Im Laufschritt erreichen wir das Hotel. Balotelli hört sich mittlerweile an wie eine schnaufende Dampflok. Vielleicht sollte er mal zusammen mit O'Nelly auf Abspeck-Kur gehen. Die Kinder führen die Polizisten zum Seiteneingang und dann in den Keller. In dem schummrigen Gang bedeutet einer der Beamten uns anderen, nun hinter ihnen zu bleiben. »Wir gehen besser vor«, sagt er leise. »Sicher ist sicher.«

Als sie auf Höhe der Abstellkammer sind, wispert Tom: »Da ist es! Dadrin!«

Die Polizisten betreten vorsichtig den kleinen Raum, wir anderen bleiben draußen, weil es dadrinnen viel zu eng für uns alle ist. Aber wir können hören, wie die Beamten irgendwelche Sachen wegschieben, und an dem hin und her huschenden Lichtkegel sehen wir, dass sie ihre Taschenlampen angeschaltet haben.

»Ja, wollt ihr uns veräppeln?«, ruft einer der Beamten nach einer Weile. »Hier ist ja rein gar nichts!«

Aufgeregt drängelt sich Balotelli in die kleine Kammer und ich folge ihm. Er reißt die Augen auf und starrt in die Regale. »Niente!«, sagt er entsetzt. »Assolutamente niente!«

Bei meinem Kratzbaum: Leider hat er vollkommen recht. Auch ich glaube, nicht richtig zu gucken. Denn in den Regalen herrscht gähnende Leere …

Eine Falle wird geplant …

»So ein Mist! Das kann doch wohl nicht wahr sein!« Tom schimpft schon seit geraumer Zeit wie ein Rohrspatz. Und ich kann ihm eigentlich nur recht geben: Das kann doch wirklich alles nicht wahr sein!

Natürlich haben die Polizisten uns, beziehungsweise den Kindern, kein Wort mehr geglaubt, nachdem sie verblüfft in der leer geräumten Abstellkammer standen. Im Gegenteil. Die haben sogar gedacht, dass die Kinder sie nur veräppeln wollten und mit Absicht auf eine falsche Fährte gesetzt haben. So ein Unsinn!

Jedenfalls sind die Beamten dann beleidigt abgezogen, natürlich nicht ohne Ermahnung, dass man sich mit einer Falschaussage auch strafbar machen kann. Und es hat auch überhaupt nichts genützt, dass Balotelli darauf bestanden hat, dass Kira, Tom und Pauli die Wahrheit sagen. Dem haben sie nämlich auch nicht geglaubt.

Und bei dem sitzen wir übrigens gerade, also in seinem Wohnwagen, und alle lassen ganz schön die Köpfe hängen. Bis auf Tom, der ist ja mit Schimpfen beschäftigt.

»Beruhig dich doch mal wieder«, seufzt Kira nun. »Dein Gemotze bringt uns auch nicht weiter. Wir sollten besser überlegen, was wir jetzt noch tun …«

Sie hat den Satz noch nicht richtig zu Ende gebracht, da hämmert es auf einmal sehr resolut an der Tür des Wohnwagens. Der Zirkusdirektor steht ächzend auf, öffnet und weicht dann leicht erschreckt zurück. Denn vor ihm steht keine Geringere als Babuschka, die mit einem drohenden Gesichtsausdruck Einlass begehrt.

»Äh, Signora«, stottert Balotelli. »Buon giorno. Wie kann icke Ihne helfe?«

Babuschka mustert ihn von oben bis unten, dann linst sie über seine Schulter und entdeckt die Kinder. IHRE Kinder. Bei einem Fremden im Wohnwagen. Ich ahne, was jetzt kommt. Und in der nächsten Sekunde ergießt sich auch schon ein empörter Wortschwall über Kira, während Babuschka Balotelli einfach beiseitedrängt und in seine Behausung stapft.

Fremdsprachenkenntnisse sind in der heutigen Zeit ja sehr wertvoll, doch manchmal wünschte ich mir, ich würde besser kein Russisch verstehen. Tu ich aber, seit ich mit Kira den Körper getauscht habe. Und deswegen muss ich mir jetzt auch mit anhören, wie Babuschka mal wieder richtig vom Leder zieht.

»Ja, spinnt ihr denn total?«, meckert sie in ihrer Muttersprache. »Seit Stunden suche ich euch! Was macht ihr hier?«

»Wir sitzen im Wohnwagen von Herrn Balotelli und halten Kriegsrat«, antwortet Kira wahrheitsgemäß auf Russisch.

»Das habe ich euch doch schon tausend Mal gesagt, dass ihr nicht mit irgendwelchen dahergelaufenen Menschen mitgehen sollt! Wer ist dieser Balotelli überhaupt?«

»Der Zirkusdirektor natürlich. Und dahergelaufen ist er auch nicht. Den kennen wir doch schon.«

»Ein Zirkusdirektor? Fahrendes Volk also! Na, das wird ja immer besser. Das sind doch alles Verbrecher! Am Ende wollt ihr noch alle Artisten werden, statt ordentlich zur Schule zu gehen!«

Kira rollt genervt mit den Augen und will etwas erwidern, da schaltet sich Balotelli, der die Unterhaltung verwirrt verfolgt hat, hüstelnd ein. »Äh, was wolle diese Signora? Wer iste diese Signora? Und was sage diese Signora?«

»Das ist meine Großmutter«, erklärt Kira. »Und sie, äh, sagt, dass sie sich sehr freut, Sie kennenzulernen …«

»Ah, la nonna!«, ruft Balotelli begeistert. »La famiglia, tutto bene! Bitte, Signora, nehme Sie Platz. Iste eine große Ehre, Sie kennezulerne!« Eilfertig streicht er die Polster auf der Sitzbank glatt und klopft dann auffordernd auf den Platz.

Babuschka bleibt gar nichts anderes übrig, als sich zu setzen, mit hochgezogenen Augenbrauen lässt sie sich auf der Bank nieder und guckt Balotelli streng an. »So!«, schnauft sie dabei. Und dann noch mal: »So!«

Der Herr Zirkusdirektor lässt sich direkt neben sie plumpsen, als hätte sie »Sitz!« gesagt, und schaut sie erwartungsvoll an. Kira versteht die Aufforderung ihrer Großmutter richtig und beginnt zu erzählen, wieso, weshalb und warum wir uns alle hier im Wohnwagen zusammenpferchen. Babuschkas Augen werden bei dem Bericht ihrer Enkelin immer größer. »Aha!«, sagt sie zum Schluss. »Seid ihr wiedärrr Detektive?«

Die Kinder nicken eifrig, Balotelli nickt mit.

»Aber därr da!« Babuschka fuchtelt nun mit ihrem Zeigefinger direkt vor Balotellis Nase herum. »Was hat diesärr Mänsch damit zu tun?«

»Also, Herr Balotelli …«, hebt Kira an, da fällt ihr der Zirkusdirektor ins Wort.

»Giorgio!«, schmettert er in Richtung Babuschka, streckt die Brust raus und rückt auch ein Stückchen näher an sie heran. »Nenne Sie mich Giorgio, Signora. Immer zu Ihre Dienste!«

Nanu, was schmeißt der sich denn auf einmal so ins Zeug? Auch Kira guckt leicht verwirrt und fährt fort: »Äh, also, die Polizei hat uns nicht geglaubt, dass wir das Lager von dem Diebesgut gefunden haben, weil ja schon alles leer geräumt war, als wir dort aufgetaucht sind. Und Herr Balotelli will uns jetzt helfen. Weil doch sein Clown Charlie zu Unrecht unter Verdacht steht.«

»Isse genau so!«, ruft der Zirkusdirektor bestätigend. »Arme Charlie isse ehrliche Haut!«

»Soso«, meint Babuschka wieder, und ich kann ihr an der Nasenspitze ablesen, dass sie stark daran zweifelt, unter diesen Zirkusleuten eine ehrliche Haut zu finden.

»Und darum icke helfe Kinder. Vielleicht wolle Signora auch helfe? Iste schließlich la famiglia!«

»Au ja, bitte!«, sagt Kira. »Hilfst du uns? Wir sind nämlich mit unserem Latein am Ende …«

Da muss Babuschka natürlich nicht lange überlegen, denn Balotelli hat völlig recht: Es geht um IHRE Familie beziehungsweise IHRE Enkeltochter. Sie nickt gnädig und legt dann die Stirn in Falten. »Ist sich eine Frragä! Chat Dieb etwas zu tun mit Frrau, die hat Prroffessorr geschlagän?«

»Das wissen wir nicht genau«, muss Tom zugeben.

»Aber wir vermuten es«, meint Pauli.

»Wahrscheinlich ist da eine ganze Bande unterwegs. Und alle in Kostümen von den Zirkusleuten. Anders geht das ja gar nicht bei den vielen Diebstählen«, ergänzt Kira.

»Acha! Ich chelfe, kanetschna, und schnappen wir Frau, die chat arme Wärrner gebracht in Chospital!«, entscheidet Babuschka bestimmt und haut dabei auf den Tisch, dass fast der Wohnwagen wackelt.

»Äh, wer iste diese Werner?«, fragt Balotelli schüchtern. »Iste Ihre marito, Ihre Mann?«

»Nein, nein«, lacht Kira. »Werner ist der Freund meiner Mutter.«

»Ah, bene! Molto bene!«, ruft Balotelli und freut sich offensichtlich ganz doll.

Während ich noch überlege, was es da jetzt eigentlich zum Freuen gibt und dass Menschen mir manchmal noch ein echtes Rätsel sind, haut Babuschka schon wieder auf den Tisch. »Wirrr brauchen Plan!«

»Genau so weit waren wir auch schon«, seufzt Kira. »Uns ist aber noch nichts eingefallen.«

»Ist sich ganz ainfach«, behauptet Babuschka. »Wirr liegen auf Lauärrr und warrrten auf Mann mit Krratzär im Gesicht. Und kommt ärr, zack, wirr schnappen ihn!«

Balotelli bricht in einen wahren Begeisterungssturm aus. »Ah, was für eine Plan, molto bene! La Signora iste nicht nur bella, iste auch intelligente!«

Babuschka nimmt das Kompliment mit einem huldvollen Lächeln entgegen, aber Tom widerspricht. »Der Plan hat nur einen Haken. Der Dieb kennt uns ja jetzt alle, und vielleicht hat er auch beobachtet, wie wir mit den Polizisten und Herrn Balotelli in den Hotelkeller gestiefelt sind. Wenn wir uns jetzt auf die Lauer legen und er uns entdeckt, dann haut der doch sofort ab.«

»E vero! Das stimmte«, gibt Balotelli zu. »Aber wir könne verkleide alle! Als Artiste von Zirkus. Dann der Dieb wird nicht erkenne!«

»Viel zu auffällig!« Pauli winkt ab. »In Kostümen können wir unmöglich ermitteln. Gerade weil doch alle Welt denkt, dass die Langfinger vom Zirkus sind.«

Balotelli nickt betrübt, doch Kira schnippt plötzlich aufgeregt mit den Fingern. »Ich hab's!«, ruft sie. »Der Dieb kennt alle – bis auf eine!« Dabei schaut sie triumphierend ihre Großmutter an. »Oma, dich kennt er nicht. Und deshalb wirst du ihm auch eine Falle stellen!«

»Ah, intelligenza iste vererbt in la famiglia«, sagt Balotelli.

»Fallä? Was furr eine Fallä?«, wundert sich dagegen Babuschka.

»Also, du wirst dich unters Volk mischen, am besten bei den Fahrgeschäften, wo viel los ist und die Verbrecher immer zuschlagen«, erklärt Kira. »Und du wirst dir eine ganz schicke Handtasche umhängen. So eine, die richtig was hermacht. Hast du doch bestimmt dabei, oder?«

»Kanetschna, naturrrlich!«

»Mit der Handtasche gehst du dann auf und ab, so als ob du auf jemanden wartest. Und dann stellst du sie zwischendurch mal auf einer Bank ab, um dir die Nase zu putzen oder so. Jedenfalls ist sie dann leichte Beute. Es müsste doch mit dem Teufel zugehen, wenn die Diebe da nicht zuschlagen!«

»Abärr dann?«, fragt Babuschka. »Was ist sich, wenn Diebä nähmen Taschä? Soll ich fangän? Und was ist sich, wenn Dieb ist schnällärr?«

»Stimmt auch wieder«, meint Kira frustriert.

»Handy-Ortung!«, schreit da Tom. »Wir laden auf eines von unseren Handys eine Ortungs-App und stecken es in die Tasche. Und dann können wir ganz entspannt verfolgen, wohin der Dieb mit der Tasche geht, ohne von ihm entdeckt zu werden. Wir folgen in sicherem Abstand – und dann schlagen wir zu. Bestimmt entdecken wir so auch das neue Lager für das Diebesgut!«

Alle reden jetzt ganz aufgeregt durcheinander und sind sich einig, dass wir endlich einen richtig guten Plan haben. Tom zückt sofort sein Handy und tippt wie wild darauf rum, Kira und Pauli schauen ihm dabei über die Schulter. »Schon fertig!«, ruft er nach ein paar Minuten. »Und euch Mädels simse ich jetzt den Code, damit ihr euch einloggen und mein Handy verfolgen könnt. Wir probieren gleich mal aus, ob's funktioniert.«

Nun fummeln auch Kira und Pauli an ihren Mobiltelefonen herum und halten sie wenig später fast zeitgleich grinsend in die Höhe. Ich springe auf Babuschkas Schoß, um auch etwas sehen zu können. Und tatsächlich, auf Kiras Display ist eine Karte des Luna-Parks zu sehen und ein roter, blinkender Punkt. »Seht ihr, es klappt!«, meint Tom stolz. »Der rote Punkt ist mein Handy, und zwar ziemlich zielgenau da, wo der Zirkus steht!«

»Otschen charascho, sährr gut!«, sagt Babuschka. »Dann ich gähe jetzt mich umziehen und vorrberaiten fur maine Auftrritt.«

»Das kann dauern«, stöhnt Kira. »Und was machen wir solange?«

»Ihrr gäht besuchän Wärrnärr in Chospital. Ist sich ganz allainä, der Arrmä!«

Alle stehen auf, und auch ich will gerade von Babuschkas Beinen springen, da spüre ich Balotellis Hand in meinem Nacken, der mich auf den Arm nimmt. Mit einem Augenzwinkern raunt er mir deutlich hörbar zu: »Ah, Bartholomeo, mio amico, du weißte, was gut ist. Sitze auf Schoß von bella signora, bene, bene. Aber jetze iste finito, iste Schluss. La signora müsse sich vorbereite!«

Babuschka guckt ihn erstaunt an. »Diesärr Katärr chaißt

Winston«, sagt sie gebieterisch. »Und nicht Bartholomeo!«

Ach du heiliger Katzenjammer, denke ich, jetzt fliegt mein Doppelleben gleich auf. Aber Balotelli macht nur einen formvollendeten Diener, greift nach Babuschkas Hand, drückt seine Lippen darauf und knallt die Hacken zusammen. »Ah, wie la bella signora wolle, zu Befehl. Allora, ab sofort diese Katze heiße Winston!«

… und die Falle schnappt zu!

»Warum dreht die sich eigentlich immer um und guckt in alle Richtungen?«, zischt Bartholomäus direkt in mein Ohr.

»Genau, warum?«, fiepst Floyd. »Das ist doch viel zu auffällig!«

Seit geraumer Zeit hocken wir drei unter einem Busch vor der Achterbahn und beobachten Babuschka, die vor dem Fahrgeschäft auf und ab stolziert und dabei ihre Handtasche wie wild hin und her schlenkert. Denn wir haben beschlossen, dass wir sie auf keinen Fall bei ihrem gefährlichen Einsatz allein lassen können. Wer weiß, was da noch alles passiert! Werner ist ja immerhin schon niedergeschlagen worden. Da können wir Babuschka nicht einfach sich selbst überlassen.

Sogar O'Nelly wollte mitkommen. Das haben wir der sturen Ziege aber ausreden können, mit ihren Ausmaßen hätte die auch nie ins Gebüsch gepasst. Bartholomäus und ich dagegen fallen nicht weiter auf, und Floyd ist so klein, den übersieht man sowieso ständig.

Jedenfalls haben meine beiden Kumpel völlig recht: Auffälliger als Babuschka geht es kaum. Dauernd bleibt sie stehen, schaut über ihre Schulter, als würde sie verfolgt werden, kneift die Augen zusammen und mustert misstrauisch alle Menschen, die an ihr vorbeischlendern. Einige der Parkbesucher gucken schon neugierig zurück, weil sie sich so merkwürdig aufführt.

Aber wie mache ich ihr jetzt nur begreiflich, dass sie sich ein bisschen normaler verhält? Vorsichtig maunze ich sie an. Und stelle sofort fest, dass das ein Fehler war. Denn Babuschka reagiert sofort, hechtet zu unserem Busch und beginnt, in das Gestrüpp hineinzureden. »Winston, was willst du? Was ich soll machen? Oder chast du etwa gesähän Dieb?«

Na toll, eine Frau, die mit einem Strauch spricht! Die ersten Leute bleiben schon stehen, zeigen mit dem Finger auf Babuschka und beginnen zu tuscheln. Das war wohl ein echtes Eigentor von mir.

Bartholomäus verschlimmbessert die Sache jetzt auch noch. Er faucht Babuschka nämlich ein bisschen an, wahrscheinlich damit sie wieder verschwindet. Aber stattdessen macht sie einen lauten Quietscher. »Was ist das?«, ruft sie erstaunt. »Ist sich zwei Winston! Wie kann sein?«

Gerade denke ich, dass nun alles verloren ist und wir diese Aktion wohl abbrechen müssen, da biegt unsere Rettung um die Ecke. Ich muss zweimal hingucken, um ihn zu erkennen, weil er so anders aussieht. Doch es ist tatsächlich der Herr Zirkusdirektor – allerdings in Zivil, mit schickem

Hemd und in lässiger Jeans. Aber das Allererstaunlichste: Sein Schnauzbart fehlt!

»Ah, la bella signora!«, sagt er und zieht sie sanft am Ellenbogen vom Boden hoch und etwas vom Gebüsch weg.

Babuschka ist über sein Auftauchen und seinen Anblick so verblüfft, dass sie glatt wieder vergisst, mich gerade doppelt gesehen zu haben. »Herr Balotelli, was Sie machen chier?«, fragt sie verwundert.

»Verehrteste, icke habe mir gedacht, ist molto pericoloso, viel zu gefährlich, Sie allein zu lasse und hilflos auszuliefere diese Verbrecher! Und deshalb icke bin in Ihrer Nähe.«

Bei dem Wort *hilflos* schnaubt Babuschka einmal kurz und kräftig. »Ist nichts passiert«, sagt sie. »Ich warte und warte. Abärr kain Verrbrrecher wait und brait.«

»Verehrteste, wenn icke einmal sagen darf … äh, habe icke beobachtet Ihre Auftritt. Und iste, äh … un po', ein bisschen eccezionalmente, außergewöhnlich …«

»Wie Sie meinen?«, schnauft Babuschka empört.

»Äh, scusi, icke meine, alle schaue auf bella signora, weil, äh, signora iste so … bella …«, stammelt Balotelli.

Na, da hat der Herr Zirkusdirektor aber gerade noch mal die Kurve gekriegt. Und es ist ihm also auch aufgefallen, dass Babuschkas Showeinlage vor der Achterbahn alles andere als unauffällig ist. Ich schaue mich nach Bartholomäus um, der beim Auftauchen seines Dosenöffners in die hinterste Ecke des Gebüschs gekrochen ist, um nicht entdeckt zu werden. »Ich wusste gar nicht, dass es bei Menschen einen Fellwechsel gibt«, maunze ich ihm zu. »Und auch noch so schnell!«

»Wie meinst du das?«, fragt Bartholomäus.

»Hast du das nicht gesehen? Balotellis Bart ist weg!«

Mein Kumpel fängt an zu grinsen. »Der Schnauzer ist doch nicht echt! Der ist nur aufgeklebt, für unsere Show, damit er aussieht wie ein richtiger Zirkusdirektor.«

Ich staune. Was es nicht alles gibt bei den Menschen. Falsches Fell! Derweil hat Balotelli Babuschka zu einer Bank neben unserem Busch geführt und erklärt ihr wortreich mit vielen Ähs und noch mehr bella signora, dass er es für klüger hält, wenn sie sich zusammen auf die Bank setzen und so tun, als seien sie ein Pärchen. Denn dann könnte Babuschka ihre Handtasche neben sich stellen und sie wäre eine bessere Beute für die Langfinger.

»So ein Schlitzohr!«, flüstert Bartholomäus. »Da schlägt er ja gleich zwei Fliegen mit einer Klappe …«

Floyd kichert zustimmend, nur ich verstehe wieder einmal nur Bahnhof. »Erstens lockt er so die Diebe an«, erklärt mein Zwilling, als er meinen verständnislosen Blick sieht. »Und zweitens hat er doch ganz offensichtlich ein Auge auf eure Babuschka geworfen und kann jetzt ganz ungeniert mit ihr flirten!«

Aha, so ist das also. Na, da hätte ich ja eigentlich auch von alleine draufkommen können. Eigentlich kenne ich mich mit dem Balzverhalten der Menschen mittlerweile doch ganz gut aus. Ich hätte nur nicht gedacht, dass sich ein Männchen für unsere Babuschka interessieren könnte.

Und Balotelli interessiert sich anscheinend ungemein für sie, denn jetzt legt er richtig los. Er rückt mal wieder dicht an sie heran und legt sogar seinen Arm um ihre Schulter. Dann wispert er ihr etwas ins Ohr, woraufhin sie verlegen kichert und auch endlich den Klammergriff von ihrer Handtasche löst und sie neben sich stellt. Na also, geht doch!

Die beiden tuscheln und turteln nun, was das Zeug hält. Und ich finde, dass sie äußerst überzeugend als Pärchen wirken. Und das finde wohl nicht nur ich. »Da!«, flüstert Floyd plötzlich aufgeregt.

Ich schaue in die Richtung, in die er zeigt, und sehe, wie sich eine Frau in einem engen Akrobatenanzug durch die Menschenmenge schlängelt. Dabei blickt sie suchend umher und taxiert die anderen Leute. Dann entdeckt sie Balotelli und Babuschka auf der Bank, die immer noch die Köpfe zusammenstecken. Und sie entdeckt natürlich auch die schicke Handtasche. Langsam kommt die Frau nun näher und näher an die beiden heran und bleibt abwartend stehen. Und dann geht alles blitzschnell. Sie gleitet an der Bank entlang, schnappt sich die Handtasche und verschwindet unauffällig in der Menge.

Babuschka und Balotelli sind so vertieft in ihr Gespräch, dass sie überhaupt nicht mitbekommen haben, was passiert ist. Na, das sind mir mal zwei aufgeweckte Detektive! Ich miaue laut und ausdauernd, um die zwei auf den Diebstahl aufmerksam zu machen. Babuschka schreckt auf, guckt sich um und entdeckt, dass ihre Tasche weg ist. Mit einem empörten Aufschrei will sie loslaufen, aber Balotelli hält sie fest. »Schschsch …«, macht er eindringlich. »Unsere Plan hat funktioniert, perfetto! Jetzt wir müsse nur noch gucke auf Handy, und dann wir wisse, wo Dieb stecke!«

Bevor wir aber erfahren, wo der Dieb steckt, stecken erst einmal Bartholomäus und ich in der Klemme. Vor lauter Aufregung sind wir nämlich nicht getrennt, sondern Seite an Seite zum Zirkus zurückgerannt, um dort auf die Kinder zu warten, die Babuschka schnell angerufen und über den Diebstahl informiert hat. Leider hat uns dabei Balotelli gesehen. Wir sind aufgeflogen!

Er steht vor seinem Wohnwagen und schaut uns völlig verdattert an.

»Bartholomeo? Wieso dich gibte zwei Mal? Un miracolo, iste eine Wunder! Icke habe geglaubt, icke sehe doppelt! Aber icke brauche keine Brille! Mit meine Augen alles va bene! Wie kommte das?«

Er öffnet die Wohnwagentür und scheucht uns mit einer Handbewegung hinein. Dann kommt er hinterher, setzt sich auf die Bank vor dem kleinen Tisch und mustert uns interessiert.

»Due gatti neri … swei schwarze Katze.« Er wiegt den Kopf hin und her und scheint zu überlegen. »Iste vielleicht auch keine schlechte Nummer für Zirkus, no? Mussen wir mal ausprobieren, wie geht, no? Oder«, er macht eine kurze Pause und kratzt sich am Kopf, »oder habt ihr etwa schon probiert, und Direttore Balotelli hat gar nicht bemerkt? Bartholomeo, du falsche Hund, haste du mich betrogen? Haste immer gemakt Pause und hast geschickt andere Katze?«

Bevor er jedoch in diese Richtung weiterdenken kann, stürmen die Kinder den Wohnwagen. »Oh, Bartholomäus und Winston!«, sagt Kira erfreut, als sie meinen Kumpel und mich auf dem Tisch sieht.

»Du kennste diese Katze?«, fragt der Zirkusdirektor verblüfft.

»Ich kenne auch«, schaltet sich nun Babuschka ein. »Chabe schon gesagt. Ist Winston Churchill, Katärr von Proffessorr Wärrnärr.«

»Aber was mache diese Katze in meine Zirkus?«, will Balotelli wissen.

»Also«, erklärt Kira, »ich glaube, es ist folgendermaßen: Ihr Bartholomäus hat sich wohl bei einem Auftritt an der Pfote verletzt. Und unser Winston ist dann für ihn eingesprungen, weil die beiden sich doch so ähnlich sehen, sozusagen als Ersatzmann, äh, -kater …«

»Ohne mich zu frage! Sfrontatezza, Unverschämtheit! Alles hätte schiefgehe könne! Völlig untrainierte Katze in meine Zirkus. Icke bin Profi! Icke habe zu verlieren meine gute Ruf!«, regt sich Balotelli auf, aber an der Art und Weise, wie seine Augen dabei blitzen, sehe ich, dass sein angeblicher Ärger eine ziemliche Show ist. Eigentlich scheint ihm die Vorstellung, dass in letzter Zeit gleich zwei Katzen durch sein Zirkuszelt geturnt sind, zu gefallen. Und apropos »geturnt«: Was heißt hier eigentlich völlig untrainierte Katze? Das finde ist ziemlich unverschämt.

»Chat geklappt alles. Winston chat sährr gut gemacht, und keiner chat was gemerkt«, sagt Babuschka und lächelt den Zirkusdirektor dabei zuckersüß an.

»Si, si!«, sagt er und lächelt zurück. »Hat geklappt. Molto bene sogar. Muss icke zugebe.« Aber dann wendet er sich doch noch mal an seine flying cat. »Wir sprecke später, unter vier Auge!«, raunt er und fügt, mit einem Seitenblick auf mich, hinzu: »Unter sechs Auge! Icke werde euch eine Angebot maken, das ihr nicht ablehnen könnt!«

»Genau, das können Sie ja später noch klären«, meint Kira nun. »Jetzt wollen wir doch erst mal gucken, wo unser Dieb mit der Handtasche abgeblieben ist!«

Alle drängen sich gespannt um sie und starren auf ihr Handy. »Da! Da leuchtet der rote Punkt! Das ist mein Handy!«, ruft Tom.

»Aber iste impossibile, unmöglich«, sagt Balotelli völlig verdattert. »Rote Punkt blinke hier in meine Zirkus!«

»Hmm«, macht Kira nachdenklich. »Der Platz ist ja ziemlich groß. Können Sie erkennen, wo genau es blinkt?«

»Si, si, certo. Iste bei große Schuppen, wo wir aufbewahre unsere Kostüme. Iste ganz am Ende von Gelände.«

»Na, dann wollen wir uns diesen Schuppen doch mal anschauen«, sagt Tom und will sofort lossprinten.

Doch Pauli hält ihn zurück. »Aber wir müssen ganz leise sein«, flüstert sie. »Nicht, dass der Langfinger uns wieder durch die Lappen geht.«

Und so schleichen wir uns an. Wie die Indianer. Besser gesagt: wie ein ganzer Indianerstamm. Denn jetzt haben sich auch O'Nelly, Romeo und Julia, Pat und Patachon zu uns gesellt, die vor dem Wohnwagen gewartet haben.

»Hey, was macht ihr hier?«, fauche ich sie an. »Wie kommt ihr alleine aus dem Käfig? Wenn euch Balotelli sieht, gibt es mächtig Stunk, den können wir gerade jetzt nicht gebrauchen!«

»Mach dir keine Gedanken«, meckert O'Nelly. »Balotelli weiß, dass wir jederzeit aus dem Käfig können. Er schließt ihn nämlich nie ab, damit wir uns hinter dem Zelt auch mal die Beine vertreten können. Haben wir dir am Anfang nur nicht erzählt, damit du nicht abhaust, sondern uns hilfst!«

Wie bitte? Ich wurde belogen? Frechheit! Leider ist jetzt keine Zeit für Grundsatzdiskussionen.

Und so huscht unsere Meute von Wagen zu Wagen und von Baum zu Baum über den Platz, bis wir an dessen Rand vor ein Holzhaus gelangen. Atemlos bleiben wir stehen und lauschen. Von drinnen ist erst nichts zu hören, aber dann ertönt ein leises Rascheln.

Balotelli hüpft entschlossen nach vorn und reißt die Schuppentür auf. Und da steht sie, die Diebin von vorhin, vor einem Regal und mit Babuschkas Tasche in der Hand! Als sie uns sieht, schreit sie erschrocken auf und lässt ihre Beute fallen.

»Chast du Wärrnärr geschlagen!«, brüllt Babuschka. Und dann stürzt sie sich mit einem tierischen Kampfgeheul auf die Verbrecherin …

Eine schlimme Geschichte.
Und ein guter Plan!

»Ich wollte das alles nicht, wirklich nicht! Das müsst ihr mir glauben!«

Die Schlangenfrau sitzt wie ein Häuflein Elend vor uns in der Sitzecke von Balotellis Wohnwagen und weint bittere Tränen. Und nicht etwa, weil Babuschka sie an den Haaren hineingeschleift hätte. Nein, bevor es zwischen den Damen noch zu Handgreiflichkeiten kommen konnte, hat sich der Herr Zirkusdirektor mannhaft dazwischengeworfen und das Schlimmste verhindert. Es blieb also bei einer lautstarken Standpauke durch Babuschka, an deren Ende die Schlangenfrau geknickt hinter uns her und in den Wohnwagen schlich.

Dort erzählt sie uns nun eine so unglaubliche Geschichte, dass uns Tieren am Ende die Münder offen stehen bleiben und auch Balotelli, die Kinder und selbst Babuschka die Köpfe schütteln. Aber der Reihe nach!

»Am Anfang war Ralf total nett zu mir. Ich habe ihn kennengelernt, als ich gerade völlig verzweifelt war: Mein Ex-Freund hatte mich mit unseren drei kleinen Kindern einfach sitzen lassen, ich hatte gerade meinen Job verloren und konnte meine Miete nicht bezahlen. Auf dem Arbeitsamt haben sie mir gar keine Hoffnungen gemacht – wer nimmt denn gern eine alleinerziehende Mama? In der Cafeteria vom Amt habe ich dann Ralf getroffen. Zufälligerweise, wie ich erst dachte. Er war gleich so freundlich und verständnisvoll. Mittlerweile glaube ich allerdings, dass er dort immer nach den passenden Opfern Ausschau gehalten hat.«

Heilige Ölsardine! Ich bin verwirrt! Was hat denn die Kantine des Arbeitsamts mit den Raubzügen der Schlangenfrau im Luna-Park zu tun? Und was ist überhaupt ein Arbeitsamt? Vorsichtig sehe ich mich um. Bin ich etwa der Einzige, der nicht versteht, worauf die Frau hinauswill?

Tatsächlich guckt O'Nelly so, als habe sie alles verstanden. Maunz! Sollte die etwa schlauer als ich sein? Ausgeschlossen! Wahrscheinlich tut die alte Ziege nur so, um mich zu ärgern.

»Hey«, meckert sie mich jetzt an, »das ist ja ein Ding! Ich ahne schon, wie die Geschichte weitergeht: Erst mimt dieser Ralf den Verständnisvollen, dann schickt er die Frau zum Klauen.«

Ich reiße die Augen auf und starre O'Nelly an. Offenbar weiß sie wirklich so ungefähr, was die Schlangenfrau erzählen will. Wie kann das sein? Eine Ziege kann doch unmöglich mehr über die Zweibeiner wissen als so ein edler Hauskater wie ich! Kurz überlege ich, O'Nelly zu fragen, wie sie auf den Gedanken gekommen ist. Aber dann lasse ich es, weil ich mir die Blöße nicht geben will. Lieber tue ich so, als wüsste ich auch, worum es gerade geht.

»Jaja, das Arbeitsamt«, murmle ich deswegen wichtigtuerisch.

»Das Arbeitsamt?« Bartholomäus robbt an mich heran. »Was ist denn das bloß? Habe ich mich gerade schon gefragt. Erklärst du es mir?«

Bei meinem Kratzbaum, da habe ich mich aber in eine Sackgasse hineinmanövriert …

»Ach, das Arbeitsamt, äh … also, das ist … da geht man, ähm, gewissermaßen ist das …«, stammle ich herum. Mist! Gleich fliege ich auf!

»Winston!«, schimpft nun aber Kira mit mir. »Was bist du denn so unruhig? Hör auf zu maunzen und lass die Frau ihre Geschichte in Ruhe zu Ende erzählen!«

Puh, nichts lieber als das! Sofort verstumme ich. Die Frau lächelt Kira dankbar an und erzählt dann mit leiser Stimme weiter.

»Ich habe mich dann ab und zu mit Ralf getroffen. Er hat mir sogar Geld geliehen, das ich dringend brauchte. Und dann hat er mir den Job in seinem Putzdienst verschafft. Also, dass es *sein* Putzdienst war, habe ich erst hinterher gemerkt. Er hat erst so getan, als sei er da auch nur ein Mitarbeiter, nicht der Chef.«

Tom schaltet sich ein.

»Okay, so weit Ihre Geschichte, Frau … äh?«

»Dierig. Ich heiße Sandra Dierig.«

»Also, so weit Ihre Geschichte, Frau Dierig. Aber was hat

das mit den Diebstählen hier im Park zu tun? Sie hatten doch dann einen Job, wieso müssen Sie hier die Leute beklauen?«

Sandra Dierig holt tief Luft und wischt sich noch eine Träne von der Wange.

»Irgendwann kam Ralf an und sagte, er brauche sofort sein Geld zurück. Aber so schnell konnte ich ihm das natürlich nicht geben. Da hat er angefangen, mich unter Druck zu setzen. Er hat mich regelrecht bedroht und gemeint, er habe Freunde, die wüssten schon, wie sie das Geld bei mir holen. Ich hatte richtig Angst um mich und die Kinder!«

»Was für ein Frächhait!«, ruft Babuschka erbost. »Dieser Ralf ist böse Mann! Erst tut so, als ob er dein Freund, und dann das! Warum er macht so?« Sie haut mit der Hand auf den Tisch, der in der Mitte der Wohnwagensitzecke steht, und auch O'Nelly meckert empört. Mir hingegen dämmert so langsam, worauf die Geschichte hinausläuft: Ralf, der Bandenchef, hat seine Bandenmitglieder offenbar zum Stehlen gezwungen. Heilige Ölsardine, das sind ja äußerst kriminelle Machenschaften!

Frau Dierig bricht wieder in Tränen aus, Babuschka reicht ihr huldvoll ein Taschentuch, in das sie laut hineinschnäuzt.

»Ich war so dumm! Jedenfalls hat Ralf dann gesagt, er wüsste noch einen Ausweg für mich, mit dem ich schnell gutes Geld verdienen würde. Und dann hat er mir die Sache mit den Vergnügungsparks erzählt. Und dass das eine todsichere Angelegenheit ist und ich keine Probleme mehr hätte, wenn ich mitmachen würde.«

»Todsichere Sache in Vergnügungsparks?«, fragt Balotelli nach. »Parks wie in mehrere Parks?«

Dierig nickt.

»Ja, genau so ist es: Ralf hat ein richtiges Putzimperium, das in mindestens vier Freizeitparks arbeitet. Meistens putzen wir nur. Aber einige von uns haben den Auftrag, die Besucher der Parks zu bestehlen. Das sind alles so arme Schweine wie ich: Timo, der Clown, den die Katze gekratzt hat, hat jahrelang auf der Straße gelebt. Er dachte auch, dass Ralf ihm nur helfen will. Oder Olli. Der kann nicht lesen und schreiben, Ralf hat ihn auch in der Cafeteria vom Amt angesprochen. Der hat ein feines Näschen dafür, wer ihm in die Falle gehen könnte.«

»Unglaublich, einfach unglaublich!«, ruft Pauli. »Aber wieso hat euch denn bisher noch niemand vom Parkpersonal wiedererkannt? Die müssten doch langsam mal merken, dass da eine richtige Bande hinter den Diebstählen steckt.«

»Tja, das ist ja Ralfs Prinzip«, erklärt Sandra Dierig. »Bevor einer von uns Dieben richtig auffällt und geschnappt wird, wechselt er und arbeitet dann in einem anderen Park. So kann Ralf sichergehen, dass nie jemand von uns erkannt wird. Dafür wechseln wir zu schnell und zu häufig. Niemand ist länger als zwei Tage hintereinander im gleichen Park im Einsatz. Außerdem hat er ungefähr fünf verschiedene Kostüme für jeden von uns. Diese Woche trugen wir

Zirkuskostüme, aber wir waren auch schon Seeräuber oder Indianer, eben immer wie die Darsteller aus den verschiedenen Shows im Park. Es ist für Besucher und Parkmitarbeiter dann sehr schwer, uns zu erkennen.«

Kira springt von ihrem Platz auf.

»Das müssen wir den Polizisten erzählen, und zwar sofort! Die denken doch, wir hätten uns das alles nur eingebildet oder ausgedacht, um Charlie zu schützen! Aber jetzt haben wir endlich den Beweis!«

»Nein!« Sandra Dierig schüttelt heftig den Kopf. »Das hat keinen Sinn, du kennst Ralf nicht! Der wird alles abstreiten und am Ende habe nur ich den Ärger, nicht er. Er wird da in seinem feinen Anzug stehen und mit dem Finger auf mich zeigen! Und Timo und Olli hätten viel zu viel Angst, um gegen Ralf auszusagen.«

»Okay, wahrscheinlich haben Sie recht«, sagt Kira nachdenklich. »Wir müssen Ralf irgendwie auf frischer Tat ertappen.«

Genau! Gewissermaßen mit beiden Händen in der Kasse müssen wir den Kerl schnappen! Die Frage ist nur: Wie machen wir das? Wenn Ralf sich selbst gar nicht die Hände schmutzig macht, wird das schwierig. Andererseits: Irgendwie muss Ralf ja auch an die Beute kommen, wenn sich das für ihn lohnen soll. Dabei müssten wir ihn erwischen, dann hätten wir ihn eindeutig überführt!

Ich rücke näher an O'Nelly heran und raune ihr ins Ohr: »Ich bin mal gespannt, mit welchem Plan die Zweibeiner gleich kommen. Ich hätte da ja eine Idee: Wir stellen Ralf eine Falle, wenn er sich die Beute seines Putztrupps unter den Nagel reißen will. Ich habe es doch mit eigenen Augen gesehen: Im Keller unter dem Hotel hatten seine Leute ein Versteck. Ich bin mir sicher, dass Ralf auch selbst dort war, um die Beute einzusammeln. Und wenn er das wieder tut, müssen wir zuschlagen!«

O'Nelly legt den Kopf schief und mustert mich.

»Aber das Versteck gibt es doch gar nicht mehr!«

»Na und? Dann gibt es jetzt bestimmt ein anderes. Das müssen wir nur finden.«

Die Ziege meckert.

»Klar, klingt ganz einfach, Mister Superkater.«

Pöh! Wenn du mir nicht glauben willst, dann eben nicht, du blöde Ziege!

»Also«, redet Kira langsam und mit Bedacht weiter, »wir müssen es so machen: Irgendwo wird die Beute doch bestimmt für Ralf aufbewahrt. Richtig, Frau Dierig?«

Die nickt.

»Ja. Bisher war das immer in einem Kellerraum des Hotels. Wo auch unsere Putzsachen gelagert werden. Aber nachdem Timo euch in seiner Panik da eingesperrt hat, mussten wir das Lager auflösen. Ralf will uns heute noch sagen, wo wir die Beute als Nächstes hinbringen sollen. Dort holt er sie dann ab.«

»Seht ihr!« Kira klatscht in die Hände. »Und wenn Ralf Frau Dierig sagt, wo die Beute hingebracht werden soll, legen wir uns dort auf die Lauer. Wenn er kommt und die Sachen holen will, werden wir ihn dabei schnappen. Dann hilft ihm kein Leugnen mehr! Wir übergeben ihn der Polizei, und zusammen mit Ihrer Aussage, Frau Dierig, ist der Fall gelöst, und Clown Charlie kann aufatmen.«

Ich gebe O'Nelly einen Stups in die Seite.

»Du hattest völlig recht, alte Ziege.«

Sie guckt mich verwundert an.

»Wie bitte? Womit denn?«

»Na, mit deiner Einschätzung meiner Person. Ich bin Mister SUPERKATER!«

Ein neuer Star in der Manege.

»Hurra! Bald abben wir den Mistkerl!«

Balotelli kommt blendend gelaunt ins Tiergehege hinter dem Zelt gestapft, wo wir Tiere gerade einen kleinen Snack vor unserer nächsten Show einnehmen. Jetzt, da er weiß, dass ich als Gast heimlich schon öfters in der Show mitgewirkt habe, hat er die Kinder überredet, mir einen gemeinsamen Auftritt mit Bartholomäus zu *gönnen*. Von wegen, *ein Angebot, das ich nicht ablehnen kann* … Ich bin gar nicht mehr gefragt worden. Stattdessen hat er einfach Kira gefragt. Ich bin mir zwar nicht sicher, ob das so eine Spitzenidee ist – aber Kira, Tom und Pauli waren begeistert und haben gleich zugesagt, die Proben zu unterstützen. Vermutlich wollen sie sich so die Zeit vertreiben, bevor wir wieder auf Verbrecherjagd gehen. Dass ich dafür durch einen brennenden Reifen springen muss, scheint sie nicht wirklich zu beunruhigen. Sie haben uns gerade gefüttert und sind jetzt damit beschäftigt, Show-Utensilien wie das kleine Podest und die Balance-Stange für O'Nelly zu putzen. Jetzt allerdings legen sie die Requisiten wieder in die dafür vorgesehene Box und drehen sich neugierig zu Balotelli um.

Auch Pat und Patachon umringen ihn und springen immer wieder an ihm hoch.

»Bald haben wir ihn?«

»Wirklich?«

»Wie denn? Wo denn?«, rufen sie aufgeregt durcheinander, natürlich ohne dass Balotelli sie versteht. Das ist aber auch gar nicht nötig, denn er hat sowieso vor, es zu erzählen.

»Dieser Ralfe atte bei Sandra angerufen! Icke weiße jetzt, wo das neue Versteck ist.« Er macht eine geheimnisvolle Pause, Pat und Patachon springen noch wilder durcheinander. Doofe Hunde! Wie kann man nur so verdammt uncool sein? Ich hingegen bin die Ruhe selbst.

Balotelli zögert immer noch, scheint zu überlegen, ob er uns überhaupt erzählen soll, was Sandra über das Versteck gesagt hat. Na gut, das finde ich jetzt auch doof. Nun verrate schon endlich, was du weißt! Als er immer noch nichts sagt, lasse ich meinen Fressnapf Fressnapf sein, schleiche zu Balotelli hinüber und starre ihn durchdringend an. Er räuspert sich.

»Allora, amici e animali, Freunde und Tiere: Das Versteck iste in der Geisterbahn!«

»Super!«, ruft Kira. »Dann würde ich mal sagen: Nichts wie hin!«

Balotelli macht eine beschwichtigende Handbewegung.

»Piano, piano! Sandra sagt, die ganze Tag sollen sie bringen die Beute dahin. Allora, dann wird dieser Ralfe die Beute erst abends abholen, wenn es gibt keine Besucher mehr im Luna-Park.«

»Stimmt«, sind sich jetzt auch die Kinder einig.

»Dann müssen wir uns dort heute Abend auf die Lauer legen, wenn die Touristen alle weg sind«, schlägt Pauli vor. »Wahrscheinlich kommt dieser Ralf erst, wenn es dunkel wird. Wir verstecken uns in der Geisterbahn, und zack!, schnappt die Falle zu!«

Ach du heilige Ölsardine! Wir sollen uns in dieser äußerst gruseligen Geisterbahn verstecken? Und dann auch noch im Dunkeln? Ich bin natürlich ein total furchtloser Kater, aber bei dem Gedanken kräuseln sich mir die Schnurrhaare.

»Gibt nur ein problema mit heute Abend«, wirft Balotelli dann ein. »Abben wir dann Vorstellung in Hotel. Und danach iste vielleicht schon zu spät.«

Genau. Vorstellung im Hotel. Dann können wir uns leider doch nicht in der Geisterbahn verstecken. Zu schade, aber nichts zu machen!

»Nein«, Kira schüttelt den Kopf, »das ist überhaupt kein Problem! Wir sind doch genug Leute: Tom, Pauli und ich. Babuschka hilft uns bestimmt auch. Und dann haben wir noch den mutigsten Kater von allen: meinen Winston! Für den ist das ein Klacks, Sie werden schon sehen, Herr Balotelli! Wir schnappen den Kerl.«

Maunzmiauohweh! Sieht so aus, als müsste ich tatsächlich Stellung in der grauenhaft-gruseligen Geisterbahn beziehen. Aber kneifen geht nicht, schließlich will ich Kira nicht enttäuschen, und außerdem bin ich natürlich wirklich der richtige Kater für den Job. Weh dem Verbrecher, der sich mit mir anlegt! Es ist also meine moralische Pflicht, in der Geisterbahn zu erscheinen.

»Na gut, Kira. Dann macke wir so. Ihr bewacht die Geisterbahn, und wenn wir fertig sind und Dieb iste noch nicht gefangen, dann kommen wir auch noch. Aber mit deine Babuschka werdet ihr das schon schaffen – das ist eine Klassefrau!«

Wie aufs Stichwort erscheint in diesem Moment Babuschka hinter dem Zirkuszelt. Offenbar hat sie das Kompliment von Balotelli gehört, denn ich bilde mir ein, dass ihre Wangen ein wenig dunkler werden. Das ist bei Zweibeinern gern mal ein Zeichen dafür, dass ihnen etwas angenehm unangenehm ist.

»Challo!«, grüßt sie in die Runde. »Gibt es schon Neuigkeiten von diese arme Sandra?«

»Ja!«, rufen die Kinder und Balotelli wie im Chor, dann erklärt ihr Balotelli unseren Plan. Babuschka wiegt den Kopf hin und her.

»Schade!«, sagt sie dann. »Wollte ich eigentlich heute Abend große Show von Ihnen besuchen und bewundern Ihre Kunst!«

»Aber meine Dame«, gibt sich Balotelli ganz formvollendet, »es wird mir eine Ehre und eine große Freude sein, Sie heute Nachmittag schon zu begrüßen in beste Loge von meine Zirkus!«

Babuschka wird noch dunkler im Gesicht und winkt verschämt ab.

»Ach, machen Sie keine Umstände! Ich mich setze einfach irgendwo und gucke. Alles gut.«

Balotelli schüttelt energisch den Kopf.

»Ma no! Auf gar keine Fall! Kommen Sie zum Zelt in ungefähr eine halbe Stunde, dann iste alles bereit!«

Er zwinkert ihr zu. Nanu? Was meint er damit bloß? Es ist doch jetzt schon alles bereit. Die Kinder haben die Utensilien geputzt und in die Box gelegt, unsere Nummern sind geprobt und sitzen – also, bis auf die Sache mit dem Doppelsprung von Bartholomäus und mir, der kann noch furchtbar schiefgehen! Jedenfalls wüsste ich nicht, was wir noch vorbereiten sollten.

Aber wahrscheinlich will Balotelli nur vor Babuschka wichtigtun. Diese Angeberei ist ganz wesentlicher Bestandteil des Werbens eines Menschenmännchens um ein Menschenweibchen. Es ist genau so, wie Bartholomäus und Floyd es gesagt haben. Sprich: Ich glaube mittlerweile auch, dass Balotelli bei Babuschka einen guten Eindruck machen will, weil er sie mag. Na gut, soll er ruhig. Ich konzentriere mich jetzt einfach auf meinen Doppelsprung und darauf, nachher diesen Verbrecher endlich dingfest zu machen. Damit dürfte mein Tagessoll dann aber wirklich erfüllt sein.

Unglaublich! Babuschka wird von der großen Zirkus-Show gar nichts sehen können, denn auf dem Tisch der Loge, in der sie Platz genommen hat, steht ein riesiger Busch. Jedenfalls sieht es von meinem Platz unter der Zirkuskuppel so aus. Was soll das denn? Warum stellt Balotelli der armen Babuschka denn dieses Gestrüpp vor die Nase? Neben dem Busch scheint noch eine Flasche zu stehen. Soll sie das Grünzeug etwa noch gießen?

Ich hangle mich an dem Seil meines Körbchens entlang, um besser sehen zu können. Wahrscheinlich ist Babuschka schon sauer, dass Balotelli sie hier als Hilfsgärtner missbraucht, anstatt sie in Ruhe die Show sehen zu lassen, und wird ihm gleich eine Riesenszene machen. Das will ich natürlich nicht verpassen!

»Hey, Winston«, faucht mich Bartholomäus an, »was machst du da? Bleib gefälligst auf deinem Platz oder willst du die Nummer schon versauen, bevor sie überhaupt losgeht?«

»Quatsch«, fauche ich zurück. »Wir sind noch längst nicht dran. Ich will nur herausfinden, was da auf Babuschkas Logentisch steht. Offenbar will Balotelli gar nicht, dass sie uns zuguckt, sonst hätte er doch nicht so eine Hecke vor ihr aufgebaut.«

»Welche Hecke?« Bartholomäus kommt mir auf seiner Seite des Seiles näher, welches gefährlich zu schwanken beginnt.

»Na, da unten. Guck doch mal!« Ich hangle mich noch ein Stück mehr in Richtung Mitte der Zirkuskuppel und starre auf den Tisch. Leider liegt er im Dunkeln, es ist wirklich schwer zu erkennen, was auf der Tischplatte steht.

»Das ist doch keine Hecke«, murmelt Bartholomäus. »Das sieht eher aus wie … Moment … ich muss noch einmal gucken …«

Er kommt mir noch einen halben Meter entgegen. Nun sind wir beide schon ziemlich weit von der jeweiligen Befestigung des Seils an den Seiten der Zirkuskuppel entfernt, und es beginnt zu schwingen. Mir wird ein wenig flau. Normalerweise habe ich bei dieser Nummer bis zum Sprung vom Absatz festen Boden unter den Pfoten. Weil Bartholomäus und ich diesmal aber gleichzeitig und aus entgegengesetzten Richtungen durch den Ring springen sollen, hat Balotelli ein Seil in der Kuppel befestigt, das exakt mittig unter dem Reifen quer von links nach rechts verläuft. So ist sichergestellt, dass Bartholomäus und ich uns wirklich genau gegenüberstehen, wenn wir zum Sprung ansetzen. Theoretisch also eine super Idee, aber in der Praxis zeigt sich gerade in diesem Moment, dass das Seil ziemlich zu schaukeln anfängt, wenn wir beide gleichzeitig loslaufen. Eine ziemlich wackelige Angelegenheit also!

Bartholomäus krallt sich mittlerweile mit aller Macht an dem Seil fest.

»Kollege, die Nummer wird mir hier zu heiß. Lass uns nicht auf das Grünzeug auf dem Tisch achten, sondern lieber darauf, das hier mit Würde und Anstand hinter uns zu bringen.«

Recht hat er! Schritt für Schritt taste ich mich langsam

wieder auf meine Seite zurück. In diesem Moment flackern die Scheinwerfer im Zelt auf. Geblendet zucke ich zusammen – und verliere das Gleichgewicht! Verzweifelt rudere ich mit meinem Schwanz hin und her und versuche, die Balance wiederzufinden, aber vergeblich! Ich kann mich nicht mehr halten und stürze in die Tiefe. Von meinem Gewicht befreit, zischt das Seil mindestens einen Meter nach oben – und noch im Fallen kann ich aus den Augenwinkeln sehen, dass es nun auch Bartholomäus erwischt hat und er ebenfalls nach unten saust.

Den Bruchteil einer Sekunde später schlage ich auf Babuschkas Tisch auf. Beziehungsweise in dem Grünzeug, das meinen Fall zwar abbremst, aber gleichzeitig sehr piksig ist. Aua! Bartholomäus' Flugbahn ist annähernd die gleiche, er landet auf Babuschkas Schoß, die mit einem spitzen Schrei aufspringt und Batholomäus dabei auf den Boden vor ihren Füßen plumpsen lässt. Ach du heilige Ölsardine! Was für ein Desaster!

Genau in diesem Moment richten sich die Scheinwerfer auf das Zentrum des Tumults, also uns, und tauchen die unwirkliche Szenerie in ein gleißendes Licht. Babuschka atmet tief durch, scheint kurz zu überlegen, dann winkt sie dem restlichen Publikum zu, schnappt Bartholomäus und mich und klemmt sich uns links und rechts unter den Arm. So verbeugt sie sich mit einer eleganten Drehung vor den Zuschauern, setzt uns Kater wieder ab und winkt noch einmal ins Zirkusrund. Balotelli ist ihr mittlerweile zur Seite gesprungen und zeigt mit großer Geste auf uns drei.

»Meine Damen und Herren, Ladies and Gentlemen, Mesdames et Messieurs, willkommen im Zirkus Balotelli und soeben haben Sie schon gesehen fulminante Start von unsere tutti completti neue Show: Die unglaubliche, einmalige und wunderbare Signora Babuschka mit ihre zwei fliegende Katzen Bartholomeo und Winston! Applaus, Applaus, Applaus!«

Tatsächlich brandet tosender Applaus auf, Balotelli verbeugt sich formvollendet und hebt etwas vom Boden auf, um es Babuschka zu überreichen. Es ist das Grünzeug, in dem ich eben gelandet und das ich damit vom Tisch gefegt habe: ein großer Strauß von langstieligen, wunderschönen Rosen, mittlerweile allerdings ein wenig geplättet. Balotelli legt ihn Babuschka in die Arme und flüstert:

»Sie sind ein Teufelsweib! Mille, mille grazie! Tausend Dank!«

Ich dummer Kater! Balotelli hatte Babuschka tolle Rosen auf den Logentisch gestellt und ich Trottel habe es mit meiner Neugier total vermasselt!

Babuschka hat inzwischen wieder Platz genommen, Balotelli beugt sich zu Bartholomäus und mir herunter und streichelt uns scheinbar über die Köpfe. In Wirklichkeit aber zischt er uns, besser: mir, etwas zu.

»Winston, du Idiot! Du und stupido Bartholomeo – ihr versaut die Show! MEINE Show! Cretino! Gibt nur eine Sache, wie kannste du maken wieder gut: Fang heute Abend den Verbrecher! Sonste … sonste … ach, wirste du schon sehen, war sonste ist! Basta!«

King Kong & Co.

Mit geducktem Kopf schleiche ich an etwas vorbei, das bei näherem Hinsehen wie ein, MAUNZ!!, Skelett aussieht! Miauohweh! Und da vorn! Was ist das? Sieht aus wie ein Mensch, der seinen eigenen Kopf am Schopf in der Hand hält! Gruselig! Diese Geisterbahn ist wirklich ein fürchterlicher Ort und am allerallerliebsten würde ich genau jetzt abhauen!

»Winston, alles in Ordnung bei dir?«, flüstert mir Kira zu, die direkt hinter mir ebenfalls durch das Gruselkabinett schleicht. Eigentlich will ich tapfer nicken, aber leider bleibt es bei einem verschüchterten Schnurren.

Sie streckt ihre Hand nach vorn und streichelt mich.

»Mach dir keine Sorgen! Das sind hier alles nur Puppen, die können dir rein gar nichts tun. Wir suchen uns jetzt ein schönes Versteck und dann hauen wir den Verbrecherkönig in die Pfanne. Und zur Belohnung bekommst du dann eine Extra-Portion Geflügelpastete, einverstanden?«

Hm, das klingt natürlich sehr verlockend! Ich merke, dass ich schon wieder sehr großen Hunger habe. Kein

Wunder, nach dem verpatzten Show-Auftritt war Balotelli bei der Essensausgabe ausgesprochen knauserig.

Babuschka dreht sich zu uns um.

»Schhhh! Seid ihr leise! Wenn Verbrecher Ralf uns hört, ist ganze Mühe umsonst. Wir gleich sind bei Versteck. Ich kann King Kong schon sehen.«

Ich weiß zwar nicht, wer oder was King Kong ist, aber Sandra hat Balotelli erzählt, dass die Diebe dort ihre Beute ablegen sollen. Wir sind also kurz vor dem Ziel. Ich höre Pauli hinter mir kichern.

»Guckt mal, der sieht aber wirklich lebensecht aus.«

Bevor mir noch klar wird, worüber sie sich gerade so amüsiert, biegen wir um die Ecke – und stehen plötzlich vor einem riesigen Affen, der gefährlich die Zähne fletscht. Bei meinem Kratzbaum, das geht nun wirklich zu weit! Mit einem lauten Fauchen springe ich von ihm weg und geradewegs in Kiras Arme. Hilfe, rette mich!

Kira taumelt einen Schritt zurück, Tom schreit auf.

»Aua! Der Unterste war meiner!«

»Tut mir leid, Winston ist auf einmal auf meinen Arm gesprungen, ich habe das Gleichgewicht verloren.«

Wieder ein Zischen von Babuschka.

»Seid ihr leise jetzt!«

Schweigend tasten wir uns weiter, als eine Stimme direkt vor uns ziemlich laut und gar nicht unauffällig *Hallo!* ruft. Kurz überlege ich, ob King Kong sprechen kann, demzufolge doch am Leben ist und nach dieser freundlichen Begrüßung nun dazu übergehen wird, einen armen, unschuldigen Kater aufzufressen. Aber als die Stimme ein zweites Mal ruft, erkenne ich sie: Sie gehört zur Schlangenfrau Sandra, die offenbar schon auf uns wartet.

In diesem Moment taucht sie auch hinter der riesigen King-Kong-Figur auf. Ohne ihr Glitzerkostüm hätte ich sie fast nicht erkannt – in Jeans und T-Shirt sieht sie einfach wie eine ganz normale Frau aus.

»Hallo«, wiederholt sie jetzt noch einmal leiser. »Super, dass ihr es gleich gefunden habt. Ralf war noch nicht da, die Sachen liegen alle noch hier hinter King Kong.«

Sie tritt einen Schritt zur Seite, Babuschka kommt ihr entgegen und wirft einen Blick über die Schulter des Riesenaffen.

»Oioioi!«, ruft sie dann. »Sährrr viel Handtasche und Geldbeutel!«

Sandra zuckt mit den Schultern.

»Tja, heute war so gesehen ein guter Tag. Aber jetzt sollten wir euch schleunigst in den Kulissen der Geisterbahn verstecken. Nicht, dass Ralf euch sofort sieht, wenn er gleich kommt!«

»Da!« Babuschka nickt, dann dreht sie sich zu uns um und wedelt mit den Händen. »Dawai, dawai, los, sucht ihr schnell Versteck hier!«

Tom, Pauli und Kira schauen sich kurz um, dann verschwinden sie in unterschiedliche Richtungen. Tom kauert sich hinter das halbe Piratenschiff, das schräg gegenüber von King Kong steht, Pauli folgt Babuschka und stellt sich mit ihr in den Schatten einer sehr gruseligen Vampir-Szene.

Kira und ich verdrücken uns ein Stück weiter vorn hinter einem Herrn, der gleich zwei Köpfe sein Eigen nennt, aber dafür in jedem Kopf nur ein Auge hat. Igitt! Wer denkt sich denn so etwas aus?

Eine Weile hocken wir da und nichts passiert. Kurz bevor ich jedoch anfange, an Sandras Tipp zu zweifeln, hören wir, wie jemand mit schnellen Schritten näher kommt. Dann tauchen auch seine Umrisse auf, und obwohl es ziemlich dunkel in der Geisterbahn ist, erkenne ich sofort, um wen es sich handelt: Es ist tatsächlich der Typ, mit dem sich die junge Frau vom Hotelempfang getroffen hat! Maunz und miau! Ich bin wirklich ein Superkater, genauer gesagt ein superkombinierender Superkater! Der Fall ist sonnenklar: Dieser Ralf hat das Vertrauen der jungen Frau missbraucht und seine Putzkolonne in den Park eingeschmuggelt. Und während er seinen Job als Putzkolonnenchef nur als Nebenjob betreibt, ist er hauptberuflich ein mieser Bandenchef, der seine Leute erpresst, damit sie für ihn im Park auf Raubzüge gehen. Und von diesem Raubzug stammt Werners Ring, der jetzt an der Hand der jungen Frau glitzert. Es ist also alles genau so, wie Sandra erzählt und ich schon längst vermutet habe. Los, schnappen wir uns den Kerl und rufen dann die Polizei! Ich fauche und schlage mit dem Schwanz hin und her.

»Pst!«, macht Kira. »Wir müssen ihn in flagranti erwischen.«

Hä? Was müssen wir? Dabei erwischen, wie er italienisch spricht oder was? Ich maunze leise.

»Auf frischer Tat müssen wir ihn ertappen«, flüstert Kira eine Erklärung. »Er muss schon etwas von der Beute eingesteckt haben. Sonst behauptet der doch nachher, er sei nur ganz zufällig hier gewesen, verstehst du?«

Ach so. Na gut. Leider bin ich aber so klein, dass ich von meinem Platz aus gar nicht sehen kann, was Ralf da so tut und treibt. Ich hangle mich also an Kiras Hose entlang und versuche, auf ihre Schulter zu springen.

»Aua, spinnst du, Winston?«, zischt Kira.

Was denn? Ohne den Einsatz von Krallen geht das leider nicht. Wie soll ich sonst da hochkommen?

Ralf zögert kurz und blickt sich um. Sollte er uns etwa gehört haben? Von jetzt an bin ich mucksmäuschenstill und harre der Dinge, die da kommen. Jetzt bückt sich Ralf hinter den King Kong und ich kann ihn nicht mehr sehen. Allerdings höre ich, wie er in den Sachen auf dem Boden herumzukramen scheint, und bilde mir ein, dass er den einen oder anderen Reißverschluss dabei öffnet. Reicht das etwa nicht für dieses Inflagranti-Dings?

So scheint das auch Tom zu sehen, denn nun stürmt er aus seinem Versteck und ruft laut: »Hände hoch, Sie Verbrecher, wir haben Sie erwischt!«

Dabei fuchtelt er mit seinem Handy herum, an dem er mittlerweile die Taschenlampenfunktion angeschaltet hat. Ralf springt hinter dem King Kong hervor, offenbar wird er von dem grellen Licht geblendet, denn jetzt taumelt er von links nach rechts und hält sich die Hände vor das Gesicht. Ha! Klarer Punktsieg für uns!

»Du kleiner Rotzlöffel!«, brüllt er dann allerdings, steht wieder sicher auf beiden Füßen und schnappt sich den armen Tom, um ihn gewaltig durchzuschütteln. Nicht gut, gar nicht gut! Und wohl doch eher ein Eigentor von Tom, so einfach aus der Deckung zu gehen!

Pauli springt jetzt auch hervor und rennt zu Tom, um ihm zu helfen.

»Hey, Sie, lassen Sie meinen Freund los! Wir haben genau gesehen, was Sie hier machen, Sie Dieb!«

Es kommt zu einem richtigen Handgemenge, und Ralf gelingt es, Tom und Pauli zur Seite zu schubsen. Bevor er aber abhauen kann, stürzen auch Kira und Babuschka los. Sie drängen ihn zurück, er stolpert über Tom, stürzt zu Boden und dann … setzt sich Babuschka doch tatsächlich auf ihn drauf und nimmt ihn in eine Art Schwitzkasten! Unglaublich! Ralf zappelt und wehrt sich nach Kräften, aber nun sind alle zur Stelle, und schließlich ist es sogar die Schlangenfrau, die Plastik-Kabelbinder aus der Tasche zieht und Ralf, der mittlerweile bäuchlings auf dem Boden liegt und mit den Beinen strampelt, die Hände damit auf den Rücken bindet.

»So!«, ruft sie hochzufrieden. »Die habe ich vorhin aus der Werkstatt des Hausmeisters im Hotel mitgehen lassen. Ich dachte mir schon, dass wir die heute Abend brauchen.«

»Was fällt dir ein, Sandra?« Ralf spuckt Gift und Galle. Beziehungsweise er würde Gift und Galle spucken, wenn er nicht mit dem Gesicht nach unten läge. »Mach mich sofort los!«

»Kommt gar nicht infrage!«, geht Kira dazwischen. »Wir warten hier alle schön auf die Polizei. Die rufe ich jetzt nämlich an.«

Ralf lacht laut auf.

»Polizei? Ihr seid ja putzig! Sandra, dir ist ja wohl klar, dass sie als Erstes dich hopsnehmen. Ich kann dir genau sagen, was ich denen gleich erzählen werde: Dass ich dir nämlich gefolgt bin, weil ich mich gewundert habe, warum du hier spätabends noch herumschleichst. Und dann habe ich hier dein Lager gefunden. Also, wenn hier gleich einer Probleme mit den Bullen bekommt, dann eindeutig du!«

Er lacht ein ziemlich fieses Lachen, Sandra zuckt zusammen. Babuschka setzt sich vor Empörung noch einmal besonders fest auf Ralf, der aufjault.

»Hey, ich bekomme keine Luft, lassen Sie mich los! Ich bin unschuldig!«

»Hach, Gäräde! Sind Sie jetzt still, bis kommt Polizei!«

»Tja.« Der Polizist, der mit seinen beiden anderen Kollegen keine zehn Minuten später in der Achterbahn aufkreuzt, kratzt sich am Hinterkopf. »Was soll ich sagen – das kann nun so sein, wie Sie mir das erzählen, Frau Dierig. Das kann aber auch so sein, wie der Herr Fredebeck das darstellt. Und dann wären Sie die Diebin, die es nur einem anderen in die Schuhe schieben will. Immerhin haben Sie ja zugegeben, den Herrn Hagedorn und seine Freundin bestohlen zu haben. Und Sie kannten das Versteck hier in der Geisterbahn.«

Sandra schluckt trocken, die Kinder starren sich ratlos an, und auch Babuschka sieht mittlerweile so aus, als sei sie sich nicht mehr sicher, dass es eine gute Idee war, die Polizei zu holen. Heilige Ölsardine! Es muss doch noch irgendeinen Weg geben, wie wir beweisen können, dass tatsächlich Ralf der Chefverbrecher in diesem Fall ist.

Ich denke fieberhaft nach. Und dann kommt sie mir plötzlich, die rettende Idee!

Ringelreihen mit Papageien! Und natürlich mit Kater!

»Ich kann es nicht glauben«, sagt einer der Polizisten zu seinen Kollegen. »Wir stehen jetzt tatsächlich hier rum, weil unser Tippgeber glaubt, genau an diesem Ort den Fall auflösen zu können?« Er flüstert nur, aber ich kann ihn mit meinen scharfen Öhrchen sehr gut verstehen, auch als er weiterredet. »Darf ich daran erinnern, dass der Tippgeber eine Katze ist? Wir sind tatsächlich einer Katze hinterhergelaufen?« Er schüttelt den Kopf, die Kollegen grinsen.

Na wartet, ihr werdet schon sehen, wie gut es war, mir zu folgen! Obwohl es bis dahin ein schwerer Weg war: Kaum war mir nämlich aufgegangen, dass es wohl keinen besseren Beweis gegen Ralf gibt als den Ring an der Hand seiner Freundin, habe ich versucht, durch Maunzen, Fauchen und Deuten die gesamte Truppe dazu zu bewegen, mit mir an den Hotelempfang zu laufen. Einer der Polizisten fragte sogar ernsthaft, ob ich vielleicht an Tollwut erkrankt sei!

Letztendlich war es dann Babuschka, die sehr energisch

darauf hinwies, dass ich, der fabelhafte, der bedeutende, der unglaublich schlaue Winston Churchill, schon eigenpfotig vier Verbrecher zur Strecke gebracht habe. So stehen wir also nun alle vor dem Tresen der jungen Hoteldame, die uns mit großen Augen anschaut und offenbar auf eine Erklärung wartet, was genau wir von ihr wollen. Leider kann es ihr außer mir keiner erklären. Und ich … äh … kann es ihr nicht erklären! Mist, mein Plan war offenbar nicht ganz zu Ende gedacht!

Ich hüpfe auf den Tresen der jungen Frau und versuche, an die beringte Hand zu kommen. Aber bevor ich sie erreiche, zieht sie sie zurück.

»Oh, du süße Miezekatze! Was möchtest du denn von mir? Gekrault werden? Das geht leider nicht, ich bin nämlich gegen Katzen allergisch.«

Dann guckt sie noch mal in die Gesichter der ganzen Zweibeiner, die mit mir gekommen sind.

»Wie kann ich Ihnen denn helfen? Ralf, alles in Ordnung?«

Der schüttelt energisch den Kopf.

»Gar nichts ist in Ordnung! Ich werde hier mit völlig haltlosen Vorwürfen überzogen. Ich soll meine Mitarbeiter dazu angestiftet haben, eure Gäste auszurauben. So ein Unsinn!«

Die junge Frau reißt die Augen auf.

»Das kann doch nicht sein!«

Die Polizisten zucken ratlos mit den Schultern, Kira beugt sich zu mir vor und flüstert in mein Ohr: »Los, Winston! Nun zeig uns, warum wir hier sind, sonst kriegen wir gleich ein Riesenproblem!«

Heilige Ölsardine, würde ich ja gern, aber dafür muss ich an die Hand der Frau kommen!

In diesem Moment öffnen sich die großen Flügeltüren, die von der Empfangshalle ins Luna-Theater führen, und Signore Balotelli schiebt das Wägelchen mit seinen tierischen Artisten Richtung Ausgang. Mein Blick fällt auf Romeo und Julia, die beiden Papageien. Ob die ihre Mathetricks nur auswendig gelernt haben? Oder ob die wirklich sprechen können? Also, mit Menschen? Falls ja, wäre nun eine gute Gelegenheit, ihr Können mal unter Beweis zu stellen.

»Romeo, Julia!«, rufe ich ihnen zu. Die beiden drehen ihre Köpfe zu mir.

»Winston! Alles gut? Habt ihr den Verbrecher gefangen?«

»Fast. Aber ich brauche eure Hilfe! Könnt ihr sprechen?«

»Klar, machen wir doch gerade mit dir.«

»Nein, nicht mit anderen Tieren. Ich meine, mit Menschen. Also so richtig. Nicht einfach ›Zwei plus zwei ist vier‹, sondern, na ja … ihr wisst schon!«

Die beiden schweigen und legen die Köpfe schief. Scheint fast so, als müssten sie überlegen, ob sie mir ein wohlgehütetes Geheimnis anvertrauen könnten. Mann, ihr Federnträger, jetzt lasst mich hier mal nicht hängen!

Jetzt ist Signore Balotelli schon fast auf unserer Höhe

angelangt, ich hoffe, er rollt nicht einfach an uns vorbei! Aber zum Glück bleibt er stehen.

»Buona notte! Polizei hier in die Hotel?«, ruft er der Rezeptionistin zu. »Iste alles in Ordnung?« Okay, er versucht, so zu tun, als wisse er von nichts. Er rollt den Wagen noch einen Meter weiter, jetzt steht der Käfig mit Romeo und Julia direkt vor mir.

Einer der Polizisten dreht sich zu ihm um.

»Nein, nein, alles in Ordnung. Wir gehen auch wieder. Nur ein kleines Missverständnis.«

Oh nein, sie wollen wieder gehen! So ein verdammter Mist!

»Kommt schon!«, flehe ich die Papageien an. »Spuckt es aus! Könnt ihr es – oder könnt ihr es nicht?«

Wieder ein Kopfschieflegen ... dann ein Flügelschlagen.

»Wir wollten es eigentlich nie tun«, krächzt Julia.

»Niemand sollte es wissen«, ergänzt Romeo. »Ist nämlich immer gut, die Menschen wissen nicht alles, was man kann.«

»Ja, tolles Prinzip«, fauche ich, »aber ich versuche hier, gerade den Typen dingfest zu machen, der euren armen Charlie in die Pfanne hauen wollte, und dafür brauche ich, bei meinem Kratzbaum, eure Hilfe!«

Wieder ein Flügelschlagen, dann ein Nicken.

»Okay, was sollen wir sagen?«

»Sagt, dass der Beweis der Ring der Empfangsdame ist. Das ist Werners Ring! Ralf hat ihn ihr geschenkt, nachdem die Schlangenfrau ihm die Beute übergeben hat.«

Hoffentlich wissen die beiden jetzt, was sie tun müssen!

»RIIIINNNNGGGG!« Romeo kreischt in einer ohrenbetäubenden Lautstärke. Sofort drehen sich alle Menschen zu ihm um. Das ist schon mal gut! Und jetzt legt auch Julia los.

»RIIINNNNGGGG! Hand! Da, Hand! Da, Hand!«

Gut, das ist jetzt natürlich kein geschliffenes Deutsch, aber als Hinweis müsste es eigentlich reichen.

Babuschka und die Kinder gucken sich an.

»Ich glaube, die Papageien wollen uns etwas sagen«, ruft Kira.

Die Polizisten schütteln den Kopf.

»Oh nee, oh nee! Erst lockt uns eine Katze hierher und jetzt will uns ein Papageienpärchen etwas erzählen?«, sagt der eine, der es eben schon ulkig fand, mir überhaupt zu folgen.

»Ring an Hand!«, wiederholt Julia nun noch einmal erstaunlich deutlich.

»Ring an Hand!«, ruft Tom. »Genau, das ist es, was uns die Vögel sagen wollen! Es geht um einen bestimmten Ring.« Er schaut sich um und dann fällt sein Blick auf mich. »Da!« Er zeigt auf mich – nein! Er zeigt auf die Empfangsdame! »Da! Es geht um Ihren Ring! Deswegen wollte Winston hierhin und hat Sie fast angesprungen. Und deswegen sind die Vögel so aufgeregt!«

MiaumiauMIAU! Endlich fällt der Groschen bei den Zweibeinern!

»Mein Ring?« Die Empfangsdame ist völlig überrascht. »Was soll denn mit dem sein?«

Aus den Augenwinkeln sehe ich, wie Verbrecher-Ralf merklich zusammenzuckt. Ich glaube, er ahnt, wo die Reise jetzt hingeht.

»Los, Romeo, Julia! Versucht es noch mal! Sagt, dass der Ring Werner gehört!«, feuere ich sie an.

»Ring Werner! Ring Werner!«, kreischen die Papageien jetzt im Chor.

»Also ich versteh hier nur Bahnhof«, lacht einer der Polizisten. Ein anderer schüttelt den Kopf.

»Nee, ich verstehe gerade *Ring Werner*.«

»Ring Werner«, murmelt Kira. Dann geht ein Strahlen über ihr Gesicht. »Na klar! Werners Ring! Der Ring gehört Werner. Das ist der Freund meiner Mutter, und der ist hier gestern ausgeraubt worden und liegt jetzt im Krankenhaus.«

Polizist 1 geht jetzt auch langsam ein Licht auf.

»Ach, Sie meinen den älteren Herrn, der die Handtasche seiner Begleiterin retten wollte und dabei gestürzt ist?«

Babuschka schnaubt empört.

»Ältere Mann! Ist Professor Mann im beste Alter!«

Diesen Einwand übergeht der Polizist geflissentlich, stattdessen wendet er sich an die Empfangsdame.

»Sagen Sie, wie lange haben Sie diesen hübschen Ring schon?«, will er von ihr wissen.

»Äh, seit gestern. Warum?«

»Und woher haben Sie ihn, wenn ich fragen darf?«

»Er ist ein Geschenk. Mein Freund hat ihn mir geschenkt.«

»Aha. Sie wissen nicht zufälligerweise, wo Ihr Freund dieses Schmuckstück erstanden hat?«

Sie schüttelt den Kopf.

»Gut. Wären Sie dann so liebenswürdig, mir seine Telefonnummer zu verraten? Dann frage ich ihn selbst.«

Sie schüttelt wieder den Kopf und seufzt.

»Das brauche ich gar nicht. Er steht neben Ihnen.«

Sie deutet auf Ralf. Sofort drehen sich alle Polizisten zu ihm um. Ralf macht einen Schritt zurück, fast so, als wolle er davonlaufen. Polizist Nummer 1 hält ihn am Arm fest.

»So, Herr Fredenbeck. Wir werden jetzt das gestrige Opfer bitten, diesen Ring zu identifizieren. Und falls es so kommt, wie ich vermute, hätte ich gern eine gute Erklärung dafür, wie der Ring in Ihren Besitz gekommen ist. Verstehen Sie, eine gute! Denn ansonsten würde ich sagen, dass Sie gerade unglaublicherweise von einer Katze und zwei Papageien des schweren, bandenmäßigen Diebstahls überführt worden sind!«

Was man mit einer Cola-Dose so alles anfangen kann …

Werner kann es immer noch nicht glauben. Gerade hat er den Ring identifiziert und der Polizeibeamte ist wieder aus seinem Krankenhauszimmer marschiert. Leider mit dem Ring im Gepäck. Dieser ist nämlich von nun an ein wichtiges Beweisstück, und Werner bekommt ihn erst wieder, wenn der ganze Fall abgeschlossen ist.

»Ich bin fassungslos! Diese Schlangenfrau, die mit ihrem Kollegen Annas Handtasche geklaut hat, war nur Teil eines riesigen Diebesringes? Gezwungen, für diesen Ralf zu arbeiten?«

Kira und Babuschka nicken.

»Ja, genau so sieht es aus«, stimmt ihm Kira zu. »Die Diebe mussten ihre Beute bei ihm abliefern, er selbst hat sich beim Stehlen fein rausgehalten. Und jeden seiner Diebe hatte er irgendwie in der Hand, das war eine ganz miese Nummer!«

Jetzt meldet sich auch Anna zu Wort, die sich das Ganze bisher stumm auf Werners Bettkante sitzend angehört hat.

»Aber eines verstehe ich immer noch nicht: Wie kam

dieser Ring in meine Handtasche? Und wieso ist das dein Ring? Das ist doch ein Ring für eine Frau.« Jetzt zieht sie ihre Stirn in steile Falten. »Und mein Ring ist es eindeutig nicht, ich habe den noch nie gesehen!«

Heilige Ölsardine! Wenn das mal kein drohender Unterton ist! Denkt Anna etwa, Werner hätte Schmuck für eine andere Frau gekauft? Auweia! Ich kenne mich in diesem Mann-Frau-Geschenke-Dings natürlich nicht besonders gut aus, aber ich fürchte, das könnte hier irgendwie noch Ärger geben! Es sei denn, Werner rückt hier bald mal mit der Sprache raus, was er eigentlich mit dem Ring vorhatte. Sprich, sagt Anna, dass er sie heiraten möchte und deswegen den Ring besorgt hatte. Ist so nachts an einem Krankenhausbett und in Anwesenheit von Babuschka, Kira und mir vom Romantikfaktor her wahrscheinlich nicht ganz das Gleiche wie eine Parkbank bei Vollmond oder allein mit Anna in der obersten Gondel des Riesenrads, aber egal: Ungewöhnliche Umstände erfordern ungewöhnliche Maßnahmen!

Das scheint nun auch Werner zu dämmern, denn er richtet sich nun, soweit das in einem Bett möglich ist, zu voller Größe auf und räuspert sich. Bestimmt wird er Anna gleich fragen und sie beringen! Wobei – grundgütiges Katzenklo! Den Ring hat ja die Polizei mitgenommen! Miaumiuuuu, so ein Mist!

»Kira, tust du mir einen Gefallen?« Werner klingt auf einmal sehr entschlossen, so, als habe er nun einen Plan.

»Klar, was denn?«

»In der Patientenküche steht im Kühlschrank eine Dose Cola. Die hatte mir eine der Schwestern heute Nachmittag besorgt. Kannst du mir die holen?«

Cola? Das ist doch ein Getränk, oder? Will Werner jetzt etwa in Ruhe ein Glas Cola trinken, anstatt seine Anna zu beruhigen? Also, ob das jetzt so eine gute Idee ist? Auch Anna starrt Werner an. Kira hingegen verlässt das Zimmer, nur um kurz darauf mit einer Getränkedose zurückzukehren. Werner öffnet sie. Dann nimmt er den kleinen, metallischen Dosenverschluss, den er jetzt in der Hand hält, und dreht den Ring des Verschlussteils ab. Okay, der Schlag, den Werner auf den Kopf bekommen hat, muss sehr heftig gewesen sein – mein Professor ist offenbar noch ziemlich verwirrt! Was, in aller Welt, macht er da?

Jetzt schlägt Werner seine Bettdecke zurück, steigt aus dem Bett – und kniet vor Anna nieder. Sehr rätselhaft, das! Sehr, sehr rätselhaft! Er holt tief Luft, dann beginnt er, mit heiserer Stimme zu sprechen.

»Anna Kovalenko, ich knie hier vor dir, weil ich nicht anders kann. Weil ich mein Herz an dich verloren habe und es nie wieder zurückhaben will. Und wenn es dir genauso geht und du deine restlichen Tage mit einem alten Zausel wie mir verbringen möchtest, der in Ermangelung eines eigentlich wunderschönen Verlobungsringes nur diesen schnöden Metallring für dich hat, also wenn das so ist, dann … äh …« Werner gerät kurz ins Stocken, fängt sich aber wieder, »äh, also dann, dann frage ich dich hier und heute: Anna, willst du meine Frau werden?«

Anna schnappt nach Luft, schlägt kurz die Hände vor den Mund und ruft dann ganz laut: »Ja, ja, JA!«

Werner greift nach ihrer Hand und steckt ihr den Coladosen-Ring auf den Ringfinger, steht schließlich auf, umarmt sie – und dann küssen sich die beiden so, dass selbst mir heiß und kalt wird und ich vor lauter Verlegenheit gar nicht weiß, wo ich hinschauen soll. Mein Dosenöffner Werner, er ist eben doch ein Teufelskerl!

»Er hat sich wirklich vor ihr hingekniet? Und jetzt heiraten die beiden? Was genau ist das noch mal?«

Odette scheint völlig fasziniert von meinem Bericht. Ich bin endlich wieder heil aus dem Luna-Park zurückgekehrt und musste, obwohl offiziell noch beleidigt, sofort in den Hinterhof laufen, um meinen Hofkatzen diese ganze unglaubliche Geschichte haarklein zu erzählen.

Auch Karamell und Spike haben mir aufmerksam zugehört. Spike faucht und es klingt zur Abwechslung mal sehr anerkennend.

»Mensch, Winston, alter Knabe – dass du so ganz ohne unsere Hilfe mal so einen Schwerstkriminellen überführst! Donnerwetter, das hätte ich nicht gedacht. Wahrscheinlich habe ich dich unterschätzt. Also, Respekt!«

Der doofe Karamell sagt natürlich mal wieder nichts zu meinen Heldentaten, aber das ist mir auch egal. Hauptsache, Odette ist ordentlich beeindruckt. Und das scheint ja funktioniert zu haben. Sie guckt mich mit großen Augen an.

»Und dann bist du Armer ja auch noch von diesem unangenehmen Balotelli bedroht worden. Wohin wollte der dich bringen? Zum Abdecker? Oder ins Tierheim? Wo Dickie gelandet ist?« Sie schüttelt den Kopf. »Schon schlimm, diese Menschen!«

»Ach, lass mal«, widerspreche ich ihr. »Balotelli ist schon ganz in Ordnung. Bevor wir wieder nach Hause gefahren sind, hat er uns alle noch mal zu sich in den Wohnwagen eingeladen und dort für uns gekocht. Zum einen wollte er, glaube ich, noch ein bisschen Zeit mit unserer Babuschka verbringen. Er hat ihr nachher sogar noch einen Zettel mit seiner Telefonnummer zugesteckt, das habe ich genau gesehen. Babuschka hat über beide Backen gestrahlt, so sehr hat sie sich darüber gefreut. Und zum anderen hat Balotelli uns allen auch noch ein Geheimnis verraten.«

»Nämlich?« Odette legt den Kopf schief.

»Na ja, wohin er das Hängebauchschwein Dickie damals gebracht hat.«

Odette und Spike gucken mich erwartungsvoll an, Karamell gibt sich demonstrativ gelangweilt.

»Na, wohin denn?«, fragt Spike nach. »Zum Tierheim oder zum Schlachter? Da wäre ja eins schlimmer als das andere!«

Ich muss grinsen.

»Tja, weder noch. In Wirklichkeit ist Signore Balotelli nämlich ein großer Tierfreund: Er hat Dickie, als der zu alt und zu schwach war, auf einen Gnadenbauernhof gebracht. Dort wohnt der Gute noch heute und genießt seinen wohlverdienten Ruhestand!«

Odette und Spike stutzen kurz, dann fangen sie an zu kichern.

»Ach so«, schmunzelt Odette, »da hat er euch dann aber ganz schön reingelegt und Angst eingejagt.«

Ich nicke.

»Ja, das hat er. Jedenfalls hat er es versucht. Aber davon«, ich mache eine kleine Kunstpause und strecke meine breite Katerbrust heraus, »habe ich, Winston Churchill, mich natürlich überhaupt nicht beeindrucken lassen.«

»Oh Winston«, seufzt Odette, »ich habe dich sooo vermisst! Schön, dass du endlich wieder da bist!«

Werner hatte einfach recht: *Willste gelten, mach dir selten!* Es war eine gute Idee, mit Kira in den Luna-Park zu fahren und Odette mal ein paar Tage allein zu lassen. Aber nun bin ich glücklich, wieder zu Hause zu sein – heilige Ölsardine, was ist das schön hier!

Dankeschön!

Und wieder ist die Zeit gekommen, mich bei ein paar Menschen besonders zu bedanken, weil sie mir bei der Entstehung von diesem fünften Band sehr geholfen haben.

Da ist zum einen das Verlagsteam des Loewe Verlags, ohne das es Kater Winston in dieser Form gar nicht geben würde. Hier hat sich bei Band 5 insbesondere Sabine Hildebrandt zur wahren Katzenmama entwickelt. Umso trauriger sind Winston und ich, dass es Sabine nun zu neuen Ufern zieht. Sabine, wir wünschen dir alles Gute und hoffen, dass du uns nicht ganz vergisst! Es hat sehr viel Spaß gemacht, mit dir zusammenzuarbeiten, und dass man sich im Leben immer zweimal sieht, ist hoffentlich nicht nur ein Sprichwort …

Aber was wäre ein Kinderbuch ohne Kinder? Richtig. Gar nichts! Und deswegen freue ich mich, dass ich im letzten Jahr sage und schreibe schon drei Mal (!!!) hintereinander beim Goethe-Gymnasium in Hamburg zu Lesungen eingeladen war und dort unter der fachkundigen Leitung von Bibliothekarin Eva Schramm mit den Kindern auch darüber diskutieren konnte, was im neuen Band passieren soll. Also, meine lieben Goetheaner, ich habe mir so einiges notiert und es hoffentlich zu eurer Zufriedenheit umgesetzt … eure restlichen Vorschläge verbrate ich dann in Band 6 …

Dann: Dank an das Team des Heideparks Soltau, hier insbesondere an die Crew des Abenteuerhotels. Das war mal eine tolle Rechercheresie! Ich hatte sehr viel Spaß und bin echt beeindruckt, wie viel Arbeit dahintersteckt, anderen Menschen eine schöne Zeit zu bereiten. Die gesamte Zirkusmannschaft um Direktor Balotelli mitsamt seinen Tieren ist natürlich komplett frei erfunden, aber sollte ich jemals überlegen, mit einer Zirkus-Show auftreten zu wollen, melde ich mich als Erstes beim Heidepark!

Alexandra, Sarah, Bettina und Bernd – dass ich euch dankbar bin, wisst ihr hoffentlich. Es sei trotzdem noch mal erwähnt.

© Melanie Dreysse/laif

Frauke Scheunemann, geboren 1969 in Düsseldorf, ist promovierte Juristin. Sie absolvierte ein Volontariat beim NDR und arbeitete anschließend als Journalistin und Pressesprecherin. Seit 2002 ist sie freie Autorin. Ihre Romane um den kleinen Dackel Herkules waren monatelang auf der *Spiegel*-Bestsellerliste. Frauke Scheunemann ist verheiratet und lebt mit ihrem Mann, ihren vier Kindern und dem kleinen Hund Elmo in Hamburg.

ISBN 978-3-7855-8113-1

ISBN 978-3-7855-8114-8

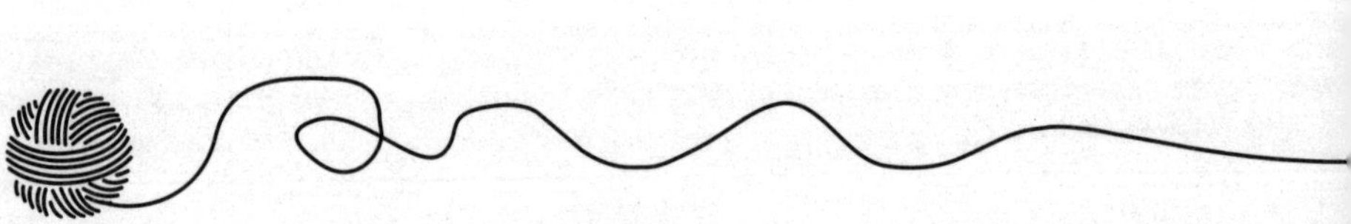